JN086757

 VICTORY NOVELS

# 超極級戦艦「八島」

## ❷大進撃! アラビア沖海戦

羅門祐人

電波社

この作品はフィクションであり、登場する国家、団体、人物などは、
現実の国家、団体、人物とは一切関係ありません。

# 超極級戦艦「八島(やしま)」(2)——もくじ

## 大進撃！　アラビア沖海戦

# 第一章　連合軍瓦解作戦

## 一

**一九四三年　南太平洋**

四月一四日、午前七時一六分。

「第一空母艦隊による第一次航空攻撃を終了しました」

GF航空参謀の菊地朝三大佐が、張り切った顔で山本五十六のところにやってきた。

ここは戦艦八島の昼戦艦橋。

本日未明に開始されたポートモレスビー攻略作戦。その先鋒となったのは、南雲忠一中将率いる第一空母艦隊の航空攻撃隊である。

ちなみに菊地はGF参謀部に仲間入りしたばかりの新人だ。

ただし昭和一五年には鳳翔艦長、一七年には航空本部へ出仕と、航空分野に関しては一流の経歴を持っている。

今回の抜擢も、瑞鶴艦長に内定していたのを本人の強い希望――『八島と共に戦いたい！』とのことで実現した。

なので……張り切るなと言うほうが無理である。

「新型機の調子は良さそうか？」

「はい！　日本本土に戻ってからの二ヵ月間、第一空母艦隊はみっちり演習してきましたので、航空隊員もすっかり新型艦上機に慣れています！」

今朝の攻撃も、新開発された二式三号爆弾を使用した結果、地上に係留されていた敵航空機と、格納庫すべてを破壊することができました！」

そう……。

第一空母艦隊に所属する四隻の空母には、零戦四三型／空冷彗星艦爆（火星二三型エンジン搭載）／天山艦攻が搭載されている。

零戦四三型は、栄エンジンを限界一杯の一二〇〇馬力までチューンした上で、その馬力に耐えられる機体の強化を施されている。弱点だった急降下時の振動も、時速780キロまでなら耐えられるようになった。

しかし零戦の設計ではこれが限界と判断されたため、いまは新型艦戦の開発が急ピッチで行なわれている。

さらには、新型の航空基地破壊爆弾……二式三号爆弾が威力を発揮した。

二式三号爆弾は、制式名称『二式二五番三号爆弾甲一型』と呼ばれるものだ。

本来は戦闘機に搭載する『九九式三番三号爆弾』の艦爆／艦攻搭載型を予定していた。

だが艦上機が新型になったため、新たに『甲一型』が追加された。

そのため従来の九九式艦爆や九七式艦攻用には『乙一型』が用意されている。

甲一型は全備重量四九六キロ／乙一型は二四六キロとなっていて、内部に焼夷弾子を最大八〇〇個内蔵している（弾子の数が同じなため甲型は乙型の二倍の威力となる）。

むろん三号爆弾だけでは、航空基地を全滅させることはできない。

コンクリートもしくは鉄板敷きの滑走路を破壊するには、通常爆弾もしくは徹甲爆弾が不可欠である。

そこで今回、彗星艦爆には二式三号爆弾甲一型、天山には八〇〇キロ通常爆弾、零戦四三型には九九式三号爆弾を搭載させての出撃となった。

結果は大成功！

ポートモレスビー周辺にある二ヵ所の飛行場と二ヵ所の予備滑走路は、ことごとく穴ぼこだらけにされ、地上にあった航空機はすべて破壊された。

それから……。

第一空母艦隊で強化されたのは艦上機だけではない。

なんと改装空母『扶桑／山城』に代わり、新造艦の改翔鶴型空母『飛鶴／紅鶴』が仲間入りしているのだ。

これにともない、扶桑と山城はハワイ方面へ配備された第四空母艦隊に転属となった。

「簡易装甲空母となった飛鶴と紅鶴には、これから第一線で働いてもらわねばならん。とはいえ、被害担当艦は八島が担うことに変わりはないが」

改翔鶴型は、八島型設計を導入した初の正規空母だ。

そのため絶対防御区画が存在する。飛行甲板も重層コンクリート板製だ。

さすがに抗堪性能は八島に遠く及ばない。

だがそれでも、飛行甲板に二五〇キロ徹甲爆弾を受けても耐える設計になっている。

この性能は、改装によって飛行甲板を強化された赤城／加賀でも及ばない。

従来型となる赤城／加賀／扶桑／山城／翔鶴／瑞鶴／蒼龍／飛龍の八隻は、二五〇キロ徹甲爆弾を甲板に受けると貫通される。しかし格納庫の床に張られた重層コンクリート板と中甲板装甲により、それ以上の貫通破壊を防ぐ構造になっている。

二人の会話が途切れたのを見た通信参謀が、話に割って入った。

「ポートモレスビー守備隊司令部からは、なんの応答もありません」

「そうか……。しかし諦めるのは、まだ早い。八島がポートモレスビー港沖一五キロにまで接近した時点でもう一度、無血開城の呼びかけを行なおう」

山本五十六の言葉通り……。

八島艦隊は昨日朝から、合計で三回にわたる無血開城勧告を行なっている。

降伏勧告ではなく、あくまで無血開城だ。

降伏勧告だと守備隊は捕虜となるが、無血開城の場合は自主的に退去して都市を明け渡すことになる。

これはフィリピンのマニラ市で成功している。

無駄な戦闘を避けたい山本だけに、願わくばとの思いで行なった勧告である。

「守備しているオーストラリア軍はともかく、英軍が言うことを聞くでしょうか？」

通信参謀が、伺うような感じで聞いてきた。

ポートモレスビーのある『パプア』は一九〇六年、英国からオーストラリアへ自治領として引き渡された。

そのため戦前はオーストラリア軍が守備していたが、開戦後には連合軍として英軍も守備に参加している。

「そこは連合国内で話しあってもらうしかないな。ポートモレスビーに八島艦隊が来た意味を、いまごろオーストラリア政府も充分に理解しているだろう。だから無血開城勧告は、ポートモレスビー守備隊というよりオーストラリア政府に対して行なっているようなものだ」

アメリカ合衆国でさえ、西海岸にある複数の大都市を破壊された。

それも、なすすべもなくだ。

いま連合国では、次に八島が現われるのはどこかと、恐怖の念をもって警戒しているはずだ。

そして……。

白羽の矢が立ったのはオーストラリアだった。

八島艦隊が連合軍に察知されたのは、すでにニューギニア島の東端を廻りこみ、ソロモン海から珊瑚海へ入った後だった。

オーストラリア軍の索敵能力は低い。

しかも八島が来るまで、南太平洋はまったく静かだった。

日本はハワイを制圧することで米豪連絡線を細らせただけで、南太平洋に対する直接的な侵攻は行なっていない。

これらの状況もあり、南太平洋の連合軍は油断しきっていたのである。

「了解しました。では、ただちに再勧告の準備に入ります」

ようやく納得したのか、通信参謀は電話所へと去っていった。


予定では、八島艦隊がポートモレスビー南方一五キロに到達するのは本日の午後三時となっている。

まだ陽が高いうちに、これでもかと八島の威容を見せつける。

そのあとで悠々と砲撃準備に入る予定だ。

それにしても、八島艦隊が攻める場所としては、ポートモレスビーは小物すぎる。

日本の最後の切り札である八島だけに、あちこち無分別に使用していたら他方面に物凄いしわ寄せが行く。

なのにポートモレスビー……。

これにはワケがあった。

本来はまっすぐフランス領のニューカレドニアへ向かい、素早く上陸作戦を実施する予定だったのだ。

この一連の作戦は、『南太平洋作戦』と名づけられている。

先に行なわれたのが『北太平洋作戦』なのだから、それに匹敵する作戦名が付けられるのは当然である。

南太平洋作戦において、ハワイに該当する需要攻略拠点はニューカレドニアとなっている。

まず第一段階として、細りに細った米豪連絡線を最後の一撃で完全に断ちきる。

そのためにニューカレドニアを制圧する。

ハワイを制圧した日本軍は、次にアメリカ西海岸の破壊作戦を実施した。

今回も、ニューカレドニアを制圧したら、次はオーストラリア沿岸部の諸都市を破壊する予定になっている。

現在の連合軍は、南太平洋に本格的な艦隊をくり出す余裕はない。

南太平洋にいる連合軍の艦隊は、サモアに重巡一隻を主力とする八隻の巡洋部隊と、シドニーを仮の母港と定める米英蘭豪艦隊（重巡二／軽巡一／駆逐艦九隻）のみだ。

このうちサモアの部隊は、拠点防衛の要のため動かせない。

となると八島艦隊の敵となるのは米英蘭豪艦隊のみとなる。

おそらく……。

彼らは全滅覚悟で仕掛けてくるはずだ。

そして彼らを八島が排除するのは難しいことではない。

ところが作戦実施直前になって問題が発生した。

本来ポートモレスビー攻略は、ニューギニア島東部（パプア）方面の陸軍部隊が実施することになっていた。

陸軍による作戦名は、そのものズバリ『スタンレー作戦』。

パプアの屋台骨ともいえる、東西を貫くスタンレー山脈。

そこを越えての侵攻作戦である。

帝国陸軍は、一九四二年に北東部の要衝ラエを占領。

ラエをパプア制圧の拠点とした陸軍は、同年一〇月、ラエから二六〇キロ南東へ行ったブナ地区へ上陸作戦を実施した。

日米開戦から、たった四ヵ月後の出来事である。

この頃は、まだ合衆国は宣戦布告したばかりのため、ブナ地区を守備していたのはオーストラリア軍と英軍のみだった。

しかも悪いことに、去年の一〇月といえばハワイが陥落した直後。

八島艦隊がハワイに張りつき、虎視眈々と合衆国西海岸を睨みつけていた時期だ。

そのため合衆国軍は南太平洋へ兵力を移動させられず、パプア北東部における日本軍の動きはほとんど無視されていた。

合衆国軍の支援がない連合国軍は、一連の東南アジア戦線を見てもわかる通り、、日本軍の攻勢に耐えられない。それはブナ地区での戦闘も同じで、上陸作戦実施から一週間も経たぬうちに連合軍守備隊は白旗を上げた。

ブナ地区一帯を確保した帝国陸軍は、本来であればそこで拠点を充実させ、帝国海軍との共同作戦によりポートモレスビーを攻略すべきだった。

しかし海軍はハワイ方面とインド方面で手一杯のため、当面は動くことができない。

そこで陸軍は待ちの態勢に入ろうとしたのだが、ここで陸軍内部から横槍が入った。

横槍を入れたのは大本営参謀の辻政信(つじまさのぶ)中佐だ。

辻は新たにダバオに設置された第七方面軍司令部を訪れ、独断でポートモレスビー攻略作戦の実施を命令した。

これは、大本営があたかもポートモレスビーへの陸路侵攻を決定したかのように思わせたもので、実際にはそのような決定はなされていない。

ちなみに、それまで南方作戦に従事していた第一七軍は、インド方面に対処するためシンガポールへと戻っている。その後にセイロン島攻略作戦の中核部隊となったのは御存知の通りである。

スタンレー作戦は、パプア北東部のブナ地区からスタンレー山脈の北麓にあるイスラバへ向けて進軍、そののち峠を越えてスタンレー山脈を横断するものだ。

一〇月三〇日にはイスラバを占領。

一一月一三日には、なんとポートモレスビーまで五〇キロにあるイオリバイワまで到達していた。

進撃の流れだけ見ると順調過ぎるほどだったが、じつはこの時点で重大な問題が発生していた。

進撃した後には、本格的な物資輸送のための軍用道路が不可欠だ。

その建設が予想以上に難航してしまったのだ。

しかも後がないオーストラリア軍と英軍は、イオリバイワに最終防衛線を敷き、周辺一帯の焦土作戦を実施した。

当面の物資を現地調達に頼っていた日本軍は、この焦土作戦により物資の補給が不可能になり、次第に疲弊していった。

そこで第七方面軍司令部は、最前線にいる部隊に一時的な転進命令を出した（撤退を転進と言い変えた命令は、この時初めて使われた）。

転進先はスタンレー山脈の南西麓にあるマナリ。マナリに本格的な前進基地を構築し、マナリへの軍用道路が完成するまで堪え忍ぶ作戦が実行されたのだが……マラリアや疲労により次々に将兵が倒れ、道路建設は遅々として進まなくなった。

このままではポートモレスビーを攻略できない……。

頭の固い陸軍参謀部も、ついに海軍軍令部に助けを求めることにした。

海軍としても、ポートモレスビーが『生きた状態』のまま南太平洋作戦を進めることはできない。

そこで急遽、八島艦隊を使ってポートモレスビーに上陸部隊を送りこみ、まずは拠点を確保した上で、マナリにいる陸軍部隊に、ポートモレスビーまでの軍用道路を完成させることにしたのだ。

ポートモレスビーを攻略した後であれば、敵軍の襲撃に脅えながら工兵部隊が働かなくて済む。病人も、近くにあるポートモレスビーに設置する野戦病院に収容できる。

あれやこれや利便性が段違いに向上するため、そのぶん道路建設の進捗状況も加速するはず……。

ようは八島艦隊は、陸軍の尻拭いのため余計な作戦行動をするハメになったのである。

午後二時五分。

ポートモレスビーまで五〇キロと迫った八島艦隊に、南から飛んできた敵航空機の集団が攻撃を仕掛けてきた。

南といえば、出撃拠点はオーストラリア本土しかない。

オーストラリア東海岸にある比較的近い要衝といえばブリスベンになる。

だが、ブリスベンからポートモレスビーまでは往復四〇〇〇キロ以上……さすがに敵陸軍の重爆撃機でも攻撃は難しい。

となると可能性の高い航空基地は、東北部にあるタウンズヒルだ。

タウンズヒルなら往復で二〇〇〇キロ強だから、なんとか飛んでこれる。

おそらく敵航空攻撃隊は、タウンズヒルにある飛行場から飛んできたのだろう。

「対空戦闘！」

戦闘参謀の命令を受け、新編成となった八島艦隊が動きはじめる。

南太平洋作戦のために再編成されたのは、第一／第三水雷戦隊だ。

第一水雷戦隊の旗艦が軽巡『阿賀野（あがの）』から、新型となる高津（たかつ）型軽巡一番艦の『高津』に変更されている。

第二水雷戦隊には軽巡の旗艦はいなかったが、今回初めて高津型軽巡二番艦『太田（おおた）』が旗艦として配備された。

この再編成は、八島艦隊の対空戦闘能力を引き上げるためのものだ。

高津型軽巡は戦時急造型にも関わらず、艦隊随伴に特化した設計となっている。

もちろん八島型設計を取り入れているため、既存の軽巡より撃たれ強くなっている。

高津型軽巡は、巡航時は対潜駆逐部隊の旗艦として働き、敵の航空攻撃時は八島を直掩（ちょくえん）する対空軽巡として働く。

そして艦隊戦になると、本来の水雷戦隊として敵部隊に突っこむことになる。

それらを十全に果たすべく生まれた艦なのである。

八島自身も今回の改装で、一二センチ両用砲を一〇基減らした代わりに一〇センチ高角砲を一〇基追加する措置が取られている。これは前回の作戦で、予想以上に敵航空機による甲板損傷が激しかったからだ。

――ドドン、ドドン！

一〇センチ五〇口径連装高角砲独特の射撃音が鳴りわたる。

高角砲弾には、『三式丙型砲弾』が使用されている。

これは戦艦や重巡の主砲用だった三式弾を小型化したものだ。

内蔵している弾子は二〇発と少ないが、弾子内に六発の二〇ミリ鋼製断片（三角形）が入っている。

弾子内に充填された焼夷炸裂薬によって、弾子の周辺八メートルに断片を巻き散らす嫌らしい設計だ。

そのため計算上では、従来の高角砲弾の三倍の撃墜率だそうだ。

余談だが……。

ハワイの真珠湾を占領した後、有用な資材を根こそぎ日本本土へ運ぶことになった。

そのためのアラ探しをしていた時、偶然にも埠頭に隣接する弾薬搬入倉庫内で、正体不明の信管が入った数個の木箱が見つかった。

当初は不要品として爆破処理される予定だったが、日本に持ち帰って海軍技術研究所への手土産にしたらという意見が出たため、余っていた輸送船の倉庫の隅に運びこまれた。

そして二ヵ月後となる一月末……。

持ちこまれた数百個の砲弾信管を分解して解析していた技研の研究員が、『超小型金属筒真空管を用いた近接レーダー信管』との結論を得た。

米海軍が一九四二年一月に試作品を完成させ、一年の歳月をかけて一九四三年一月に実戦配備する予定になっていた新型対空砲弾用信管……。

いわゆる『VT信管』が、使用される直前になって日本軍の手に渡った瞬間だった。

現在はすでに模倣が始まっている。

まず開発のネックとなる超小型金属筒真空管の量産技術を確立するため、日本各地の大学や研究所が、夜も寝ないで試作を行なっている段階だ。

反対に合衆国海軍は、実戦試験用にハワイへ送ったぶんを奪われてしまったため、最後の段階で実戦配備につまずいてしまった。

太平洋方面には、戦える艦がいない。

当然、VT信管の出番もない。

そこで米海軍上層部は、英国支援のため海上輸送部隊の護衛についている軽巡や駆逐艦/護衛駆逐艦用のVT信管（小型化）を急ぐ一方、戦艦や重巡用のVT信管は、当面のあいだ大西洋艦隊所属艦にのみ配備することになったのである。

これは結果から言うと大失敗だった。

極めて有用なVT信管の実戦試験が遅れに遅れ、日本海軍の実用化とたいして変わらなくなってしまったからだ。

「米軍供与と思われるB-17一機、落ちます！」

以前にも増して濃密となった対空砲火を受け、空しくB-17が沈んでいく。

八島に対し低空水平爆撃は禁忌である。

しかし高高度爆撃では戦果が得られない。

そこで被害を覚悟の上で、すべての爆撃機が高度七〇〇メートルの超低高度爆撃を実施したのだが……結果的に失策となった。

オーストラリア軍は、大型爆撃機を失えば失うほどジリ貧になっていく。

オーストラリア本土にボーイング社が大型爆撃機用の工場を建設中だが、それはまだ完成していない。

しかも悪いことに、もし米豪連絡線が切断されたら、米本土からの部品供給が途絶える。

いくら工場を建設しても、それが組立工場である限り、部品は米本土から輸送しなければならない。

つまり新工場は部品不足のため、まともに稼動できなくなる。

これでは何のために建設したのか判らない……。

「敵の護衛は陸軍戦闘機か？」

珍しく山本が、航空参謀に細かい事を聞いた。

「P－38が若干数いるようですが、大半は米軍供与のF2Aバッファローの模様です」

「……？」

山本はハワイでの戦闘時、バッファローの諸元を聞いたことがある。

記憶が正しければ、バッファローの航続距離は一五〇〇キロ前後だったはずだ。

となれば、タウンズヒルからは届かない……。

そう思ったから顔に疑問の表情が浮かんだ。

「あっ、申しわけありません。敵爆撃隊の護衛戦闘機は、タウンズヒルから飛んできたと思われるものはP－38のみです。バッファローのほうは、おそらく北部の地方滑走路……クックタウンか、さもなければロックハートにある予備滑走路に一度移動した上で再出撃したものと思われます」

足の短い戦闘機は、陸上滑走路を中継すればいい。

あまり日本軍はやらない戦法だけに、山本も失念していたようだ。

「なるほどな。我が軍の戦闘機は最初から足が長い。だから、そんな中継ぎを行なわなくとも爆撃隊に随伴できる。これは盲点だった」

——ドン！

これまで感じた事のない爆音と、一瞬身体が緊張するほどの振動。

いま山本たちは、絶対防御区画内にある司令室にいる。

そこまで爆音と振動が伝わってくるのは尋常ではない。

「前部檣楼付近に直撃を食らったのか？」

山本の質問に答える参謀はいない。

宇垣纏も憶測を口にせず、無言のままだ。

やがて……。

司令室の電話が鳴った。

すぐに通信参謀が出る。

「ああ？　それは確認済みか？　そうか、わかった」

電話を切った通信参謀は、まっすぐ山本五十六のところにやってきた。

「前部檣楼後部、右舷側の第二上甲板付近に爆弾一発を食らいました。被害を確認した甲板監視員の報告なのですが、一基の二〇センチ砲塔と一基の一〇センチ砲塔、それに二五ミリ機銃座二基が吹き飛んでいるそうです」

「一発の命中弾で……か？」

これまで食らった最大の爆弾は、サンフランシスコ沖でB-17に食らった一・二トン徹甲爆弾だ。

あの時は一二センチ砲塔一基と三〇ミリ機銃座一基が吹き飛んだ。

ということは、今回の爆弾はそれ以上の可能性が高い。

山本の背後から、黒島亀人がぼそりと進言した。

「破壊規模からすると、米海軍が要塞破壊用に開発した二トン徹甲爆弾が使用されたようですね。オーストラリア軍へも若干数が供与されていたのでしょう。

当たったのは運が悪かったですね。それほど数があるとは思えませんので、おそらく今回で二トン爆弾は打ち止めでしょう。

それより長官。上甲板装甲の被害状況を詳しく調べてください。もしかすると重層パネルだけでは威力を分散しきれず、下にある三メートルコンクリート天井に被害が及んでいる可能性があります」

「なんだと！」

改装が終わり、戦いが始まったばかりというのに。

陸軍の尻拭いで甚大な被害を受けたのでは、まさに踏んだり蹴ったりだ。

「宇垣、艦務参謀に命じて、最優先で被害を精査せよ。これは長官命令だ！」

「承知しました」

宇垣としては、黒島の進言で動くのは癪にさわるだろうが、そこは我慢する。

さっさと艦務参謀のところへ行くと、山本の命令を伝えはじめた。


二〇分後……。

長かったような短かったような、そんな敵の航空攻撃がようやく終了した。

「第二上甲板天井のコンクリート壁に数本のヒビが発生しています。補修隊が調べたところ、内部にある鋼筋は寸断していないため、速乾セメントの充填だけで補修可能だそうですが、用心のため甲種重層板を一枚多く張りつけて補修するそうです」

心配していた『中破判定』は、なんとか回避できたようだ。

中破以上の被害は、さしもの八島も洋上では補修できない。

最寄りの港に入り、被害部分のブロック構造を取り外し、交換用として搬送した新しいブロックをはめ込む必要がある。

これは最低でも二週間はかかる大仕事だ。

しかも補修施設のある港までの日数や、交換用ブロック構造の取りよせにかかる日数をはぶいての話だから、ぜんぶ併せると最短でも一ヵ月はかかる計算になる。

だから中断判定は、南太平洋作戦の中断を意味している。

それだけは避けたかった山本だけに、かなり胸を撫で下ろした感じになっていた。

「作戦続行ですね。予定通り、夕刻からポートモレスビーに対する砲撃を開始します」

安堵した山本をよそに、宇垣参謀長がまったく変わらぬ表情のまま確認する。

「ああ、敵もいろいろ考えてきたようだが……八島は耐えてくれた。ならば今度は、こちらが思い知らせる番だ！」

心配したからには、倍返ししないと気が済まない。

いかにも山本らしい発言だった。

## 二

### 一月一二日、横須賀

時は三ヵ月ほど遡る……。

年が明け、新しい一年が始まった頃。

年末に横須賀へ戻ってきた戦艦八島は、満載してきた真珠湾の石油を降ろしたあと、一月六日に八島ドックへ入渠した。

今回の入渠は、一連の作戦で露呈した八島の弱点を、可能な限りカバーするためのものだ。したがって根本的な問題にまで手をつける予定はない。

たとえば戦艦インディアナの突入によって大穴を開けられたバルジについて。

これは、多少の対策を施したとしても戦艦突入をはね返すことはできないとして、既存の雷撃水圧吸収ブロック構造とバルジの水密区画／注水区画……従来通りの防護策で対処することになった（つまり、この部分の改装はなし）。

　改装の最高責任者には村岡秋晴（むらおかあきはる）艤装主任が抜擢された。

　本来なら艤装に限定されるべき役職だが、いかんせん時間がない。

　そこで江崎岩吉（えさきいわきち）艦政本部第四部計画主任から一任されるかたちで、改装全体の指揮を取ることになった。

　一月一二日。

　様々な機械や資材が八島ドックへ搬入され、いよいよ改装が本格化する様相を見せはじめた。

　そして村岡秋晴も、ドック指揮所に入った。

　いまは改装の実務を担当する各部門の長を集め、朝の訓辞をしているところだ。

「合衆国軍は八島の性能を知った。となれば必ず対策を練ってくる。あの国はそういう国だ」

　集まっている者たちは、いずれも熟練のプロばかり。

　いかに村岡が海軍兵学校で優秀な成績をたたき出したとはいえ、現場のノウハウについては彼らにはかなわない。

　しかし村岡は、それを承知で彼らを先導しなければならない立場にある。

「我々に与えられた期間は、たった二ヵ月だ。一月六日に八島がドック入りしたから、実際にはもう六日間が経過している。改装終了予定は三月六日……たとえ我々が予定を未達成であろうと、その日に八島はドックを出る。

　いいか！　八島を未完成のまま旅立たせるなど前代未聞の恥だぞ？　戦時下の今、我々は御国に全力で奉仕する責務がある。いいや、奉仕するだけではダメだ。かならず責務を完遂し、未曾有の国難を打破する八島の原動力とならねばいけない。とはいえ……以前であれば半年はかかる改装内容だ。幸いにも海軍装備研究所が奮闘してくれたおかげで、新しい装備や部品は、のきなみ短時間で交換できるよう工夫されている。

それでも二ヵ月という期間は、なにか不具合が発生すれば簡単に予定をオーバーするものでしかない。

そして現実的に考えると、不具合は必ず発生する。ならば我々は、日々の予定を完遂するだけではダメであり、可能な限りの前倒しを行なって、ようやく不具合による遅延を阻止することができる。

そこで諸君には大変だと思うが、一日の予定を完遂したあと、体力気力が尽きる寸前まで残業をお願いしたい。はなから無理難題と承知の上での頼みだ。

むろん私も、これから三月六日までドック指揮所に泊まり込む覚悟だ。私だけが楽する道はありえない。

だから、頼む！　八島を完全なかたちで送りだすため力を貸して欲しい‼」

そう言うと村岡は、一同に深々と頭を下げた。

こんなやりとりがあったからこそ……。

八島は完璧に第一次改装を終了して、戦列に復帰できたのである。

＊

同日、中国・重慶。

一九四一年の一二月、中国国民党の重慶政府は、英国政府との間に軍事同盟を締結した。

この時期の蒋介石は政府主席から退いていたが、

政府は改めて全国陸海空軍統帥権を付与、着々と蒋介石の主席復帰へむけて足固めを行なっていた。

　また国民党政府は対日戦争に勝利するため、連合国の一員であるソ連に後押しされた中国共産党と、いわゆる『第二次国共合作』を行なっている。

　これらの流れは、あくまで連合国の支援が万全に受けられる大前提でのことだ。

　蒋介石の背後には米英を中心とする連合国がいる。

　連合軍と共同歩調をとっていれば、同盟国である英国から潤沢な軍事・経済援助を受けることができる。

　仇敵である中国共産党も、ソ連が連合国の一員である以上、当面は手が出しにくい。ならば、まずは共産党と手をにぎり対日戦争に勝利することが先決……。

　まさに敵の敵は味方の論理で、目的のためには手段を選ばない方針を貫いている。

　ところが……。

　国民党政府が拠り所としている連合軍に、予想もしない異常事態が発生した。

　すなわち八島艦隊による、ハワイ制圧と米西海岸に対する本土破壊だ。

　さらには日本に後押しされたインド国民軍が、インド国内の独立派と革命派を煽るかたちで、英国の植民地支配に反旗を翻しはじめた。

　これにより、インドから東南アジアを経由して中国南部へと繋がる陸上補給路——いわゆる『援蒋ルート』が完全に遮断されてしまった。

　援蒋ルートで運ばれてくる軍備や軍事・経済物資が途絶すれば、中国は完全に孤立する。そして、それを頼りにしていた中国国民党政府は崩壊の危機に立たされる。

　いくら連合国との深い繋がりを持っていても、

連合国からの支援がなければ何の足しにもならない。

『抗日老兵』……寸断された援蒋ルートを奪還すべく、約二〇万名もの中国国民党軍をビルマ北部へ送りこむ計画も、インドにいる英植民軍側の参加が絶望的となった。

　そのため、つい先日、派兵中止が決定した。

当然、連合国寄りの蒋介石派の立場は極端に悪くなる。

　こうなると、反蒋介石派が勢いを盛り返してくる。

　確たる証拠はないものの、反蒋介石派の中には、日本の傀儡政権と化した汪兆銘ひきいる国民政府に通じている者もいると噂されている。

　紆余曲折あって親日本派となった汪兆銘だが、基本は孫文の思想を受け継ぐ民族派だ。

　なにしろ一九二五年に広州で旗揚げした『中華民国国民政府』の代表は汪兆銘であり、蒋介石はこの頃、汪兆銘の妻である陳璧君の推薦で黄埔軍官学校の校長に就任しているなど、二人の地位には歴然とした差があった。

　それが巡り巡って、いまでは蒋介石は第二次国共合作を推進する親共反日派の急先鋒であり、汪兆銘は日本と講和し共産軍を撲滅して中国統一を目指す反共親日派と化している。

　敵の敵は味方と考えるのは、中国人の基本的な思想なのかもしれない。

　それが極まったのがこの二人であり、日本や共産党に対する態度がコロコロ変わっていくのも、すべては現在の敵が誰であるかに掛かっているのである。

　内憂外患……。

　まさに中国国民党は満身創痍の状態だった。

＊

「蒋閣下！　このままでは日本軍が重慶にまで侵攻してきます。共産党軍は逃げ回るばかりで、ほとんど対日戦争に寄与していません！　このままでは重慶も陥落し、我々はさらに中国奥地へ逃げ延びるか、さもなくばインドへ亡命するしかなくなってしまいます！」

　複数の腹心を代表して、昨年に駐米大使を退任して帰国したばかりの胡適（こせき）が、切羽詰まった表情で進言した。

　場所は重慶の中心部にある、国民党本部近くのホテルの一室。

　まだ国民党の全権を掌握するには至っていない蒋介石だけに、対立派閥に隠れての秘密会議となった。

「貴様がそれを言うか⁉　何のために駐米大使として美国（アメリカ）へ行かせたと思っている！」

　蒋介石は怒りをもって答えた。

　この時期に駐米大使として赴任する意味は、すなわち連合国の盟主たる合衆国との密接な関係作りである。

　なのに、合衆国が軍事支援の決め手として送りこんできた『フライングタイガース』は、援蒋ルートの防衛に失敗するどころか、日本陸軍の『加藤隼戦隊』との激戦により徐々に数を減らしていった。

　撃墜されても、インドから追加の戦闘機とパイロットが届けば問題はない。

　当初はそう楽観していた蒋介石だったが、インド国内が不穏な空気に包まれてくると、途端に合衆国からの支援が途絶えてしまった。

　それどころではない。

　昨年七月には、『合衆国の対日参戦を理由とするフライングタイガースの解散』が決定し、残存していた全機はインドへ飛び去ってしまった。

悪いことは続く。

合衆国政府は蒋介石に、現在開発中の新型超重爆撃機――Ｂ－29が量産態勢に入ったら、まず最初に中国へＢ－29部隊を派遣し、日本に対する爆撃を実施するとの密約を交わしていた。

フライングタイガースが去っても、Ｂ－29部隊がやってくるなら問題ない。

そう思っていたところ、一月四日にルーズベルトの親書が届いた。

その親書には、

『八島艦隊によるハワイ侵略と西海岸への砲爆撃により、当面は西海岸を中心とする防衛態勢の見直しと、さらなる英国支援のため、来年に予定しているＢ－29部隊の中国駐留および日本爆撃の計画は延期となった』

と、書かれていた。

軍事物資は届かない。

合衆国による航空部隊の支援も途絶えた。

インドの英軍はインド国内の反乱を鎮圧するので精一杯。

ここでもし……。

あと何かひとつ、国民党にとって不利益な出来事が起これば、国民党は後ろ盾すべてを失った状態で、対抗勢力と対峙しなければならなくなる。

そのことを熟知している胡適だけに、あらためて蒋介石に糾弾されるとカチンと来るものがあった。

「閣下……そう申されますが、美国は現在、本土を砲爆撃されたショックで大混乱しています。海軍の戦艦の七割を撃沈され、ハワイを取られ、西海岸まで攻撃され……これらの出来事に一番驚いているのは当の大統領府でしょう。

彼らはまったく予期していませんでした。日本など所詮は三流国家と蔑み、本気で戦争する気概もなかった。そのことは大使館経由の機密文書で再三警告したはずです。

いまの合衆国政府には多数のソ連スパイが紛れ込み、ソ連に有利な政策を実施しております。そのせいで、米大統領府は中国共産党に対し寛容な方針を貫いています。

ごく最近になって、ようやく共産主義の危険な側面が理解されはじめていますが、それが政治的に影響力を持つには時間が必要でしょう。

それまでは、ルーズベルト大統領は我々に対し、適当な距離を置く政策を堅持すると思います。さらに悪いことに、英国情勢が悪化すればするほど、合衆国は対英支援に傾いていきます。

そして最終的には、一九四一年六月に始まった独ソ戦と連携し、西からは合衆国軍を中心とする連合軍、東からはソ連軍がドイツを攻め、ヨーロッパ戦線を終わりにすることになるはずです。

いまはスターリングラードで攻防戦を展開しているドイツとソ連ですが、合衆国がヨーロッパへ直接参戦すれば、状況は大きく変わるでしょう。

その時になれば我が中国は、ソ連に支援された中国共産党だけを味方に、日本軍と孤独な戦いを強いられることになります。ソ連は対独戦で手一杯のため、満州および樺太方面へ侵攻する余裕などないですからね。

重ねて申し上げますが、もはや美国による支援は期待できません。ソ連の対日参戦も無理。我が国どころか、インドに対するオーストラリア経由の支援も細りはじめています。

ハワイを取った日本軍が次にどこを攻めるか……大方の予想では南太平洋となっています。その目的は米豪連絡線の遮断です。そして米豪連絡線はオーストラリアの生命線であると同時に、インドを経由する我が国の生命線でもあります。もし米豪連絡線が完全遮断されたら、中国には米国製の弾丸一発すら届かなくなるでしょう。その状態で、なにもしない共産党軍と共闘して日本軍と戦うのは愚の骨頂です。

合衆国を誰より知る私だからこそ、もはやあの国はあてにならないと断言できるのです。どうか閣下！　もう夢を見るのはお止めになってください。いかに酷い現実であっても、いまは直視して中国の未来を切り開かねばなりません。ですから……」

「わかった、もういい」

てっきり叱責されると思っていた胡適は、がっくりと肩を落として椅子に座った蒋介石の言葉に、かえって驚いた。

「……蒋閣下？」

行政院長の孔祥熙(こうしょうき)が、心配顔で声をかける。

孔祥熙はドイツとの繋がりが深く、日米開戦前にはドイツの軍事顧問団の代表としてアレクサンダー・フォン・ファルケンハウゼンを中国に招いているし、それ以前にヒトラーとの会談も実現している。

ところが日米開戦後は、国民党政府の連合国べったりの姿勢にドイツが見切りをつけたせいで、党内の立場は悪くなる一方である。

「アレも駄目、コレも駄目……まったく八方塞がりだ。なにか……何か良い解決方法はないのだろうか？」

藁にもすがる目つきで、蒋介石が孔祥熙を見つめている。

秘密会議に参加しているメンバーの中では、孔祥熙はもっとも枢軸国寄りだ。その孔に声をかけたということは、蒋介石は連合国を見限ったとも判断できる。

　少なくとも孔はそう感じた。

「……ひとつだけ方法があります」

　ためらいがちに返事をする孔。

　それもそうだ。

　これから口にすることは、下手をすれば粛清の対象になる。

「なんだ？　なんでもいい、言ってくれ」

「ですが、閣下。聞きようによっては、これまでの方針に逆らう内容ですので……」

「かまわん！　ここに至っては、党の方針など祖国存亡の危機の前には何の制約にもならない。大事なのは中国が存続し、戦後世界において国際的な地位を維持できるかどうかだ!!」

　蒋介石は本気だ。

　中国という国家を存続させるためには何でもする気になっている。

　そう感じた孔は、慎重に言葉を選びながら話しはじめた。

「現在、日本軍が占領した南京に汪兆銘政権があります。汪兆銘は日本政府におもねり、なんとか中国を統括する正統政府として認めてもらおうと、いまも必死になって政治工作を実施しています。

　一九四一年にはドイツとイタリアから政府の承認を得て、去年には日本の天皇を拝謁までしています。我々が得ている情報では、明日にも南京政府は連合国に対し宣戦布告を表明するとのこと。

　これを実行されたら、もはや後戻りはできません。そこで起死回生の一手なのですが、我が政権が汪兆銘政権と手を結び、日本との全面講和を実現する代償として、連合国に対する宣戦布告を取りやめさせるというのはどうでしょうか？

　あくまで中国は、第二次世界大戦に対して中立を守り、日本軍が中国侵略をやめるのであれば、国民党政府は汪兆銘と和解し、共同で国内統一……すなわち共産党その他の反乱分子を撲滅することを確約するのです。

こうすれば、これ以上の日本軍による侵略を止めることができ、すでに汪兆銘が日本と確約している、戦後の日本軍全面撤退も共通の認識として確約されることになります。

失うものは連合国による支援ですが、これはすでに失われています。共産党軍との合作による日本軍との戦闘も、日本との講和が実現すれば意味をなしません。

どうでしょう？　中国百年の大計のため、ここは涙を呑んで汪兆銘を抱き込むべきではないでしょうか？」

汪兆銘はこれまで、幾度となく蒋介石政権と日本政府の和解を仲介する旨のメッセージを送ってきた。

蒋介石はその都度、かたくなに拒否してきた経緯がある。

それを孔は、蒋介石の方針を曲げて受け入れれば、すべてが丸く収まると甘い誘いを仕掛けたのである。

「……全面的に汪兆銘を受け入れれば、中国は日本の傀儡になってしまう。それは断じて認められない」

「それについては、日本国内にも汪兆銘に全面的に依存するのではなく、我が党に対して直接交渉をすべきという派閥が存在します。そこで我々としては、それらの派閥と連携することにより、汪兆銘政権とは共存しつつ、徐々に日本国内における我が党の地位を高めていくべきかと。

最終的には汪兆銘政権を国民党が吸収するかたちで、中国統一政権を樹立すれば良いのです。なにしろ日本の東条英樹首相と会談したさい、汪兆銘自身が、自分の政権が中国民衆から信頼されていないと愚痴を言っているのです。

ですから東条首相も、中国国民に支持されているのは我が党であることを再確認しているはずです。

日本が美国と講和を達成したら、その後に中国の統帥権を得るのは閣下しかありません。汪兆銘が統帥権を獲得したら、それこそ反乱が起こります」

反乱という二文字を聞いた蒋介石は、ぴくりと肩を震わせた。

中国という国と国民のために戦っているのに、国民から反乱を起こされては堪らない。

実際問題として、国内の反乱分子である共産党軍とは虚々実々の駆け引きをして、なんとか全国規模で共産革命が拡散するのを防いでいる状況なのだ。

それも日本が連合国と講和を実現したら終わる。

そうなれば、アジアの盟主は日本になる。日本がアジア全域における中心となれば、中国は日本の庇護のもとで国家として再出発するしかない。

その時、どれだけ独立克己の精神を確保できるかは、すべて日本にかかっている。

ならば……。

敵の敵は味方……。

日本が最終的に味方となるなら、いまのうちに日本と可能な限り政治的に対等な立場につき、戦後世界においてアジアでナンバー2の地位を確保しなければならない。

間違っても満州帝国などにその座を奪われてはならない。

せめて中国大陸でのナンバー1を確保する。

それが中国の生き残る道だ。

ゆっくりと顔を上げる蒋介石。

その目に、一縷の望みが光を灯した瞬間だった。

三

**四月一四日夕刻　ポートモレスビー沖**

「第五次航空攻撃が終了しました」

航空参謀が八島艦橋にある艦内電話設置所から戻ってきた。

「夕刻の爆撃は、敵の陸軍基地と滑走路の破壊が目的だったな？」

丸二日におよぶ五回の航空攻撃。

山本五十六も攻撃目標が何だったたか確認しないと忘れそうだ。

「はい。敵陸軍基地は、英軍駐屯地の未破壊だった地下弾薬庫と砲兵陣地です。いずれも今回の攻撃で完全破壊したとの報告が入っています。滑走路については、敵軍が逐次復旧作業を行なっておりますので、補修が完了するまえに再破壊するのが目的です」

「そうか……」

どことなく山本は気乗りのしない感じを漂わせている。

「長官、そろそろ砲撃の時間です」

有無を言わせぬ口調で、宇垣纏が進言する。

八島艦隊は現在、ポートモレスビーから三五キロ離れた地点に移動している。

これは主砲を用いて対地攻撃を実施するためだ。

目標に接近しすぎると水平射撃ぎみになってしまい、攻撃目標の陸地に対する命中角度が浅くなってしまう。

地中深くに徹甲弾を潜りこませて爆発させる。

それには高い弾道と垂直に近い落下を必要とするのだ。

その点、八島は今回の改装で、目玉とでも言うべき主砲の改良を行なっている。

改装前の主砲の最大仰角は四五度だった。八島は四五度で最大射程をたたき出す。そのため、設計段階でそう決まっていた。

ところが実戦に出てみたら、三式弾による対空射撃や対地砲撃での使用がかなりあったため、もっと高い弾道を描く必要が出てきたのだ。

そこで主砲塔内部の床に張られている重層コンクリ板の一部を撤去し、主砲角度を高くしても発射時に砲の尾部が接触しないようにしたのである（同時に砲塔前盾の仰角に対応する間隙も少し削って大きくしてある）。

これらの改良により、八島主砲は最大仰角六〇度となった（四六センチ副砲も同様の改良を受けている）。

この角度は二〇センチ砲の六五度、一二センチ両用砲の七〇度に比べれば低いものの、主砲や副砲としては異例とも言うべきものだ。

ただし……。

あくまで応急処置のため、一発射つごとに砲を水平にしないと装弾できない。

大仰角をつけたまま装弾するには、揚弾システムまで根本的に改良しなければならないため、おそらく今後もこのままになるだろう。

「いや……いま一度、開城勧告を行なう。本日の砲撃は、八島の主砲を使う予定になっている。目標は半島部にある港湾部と新市街地区とを結ぶ幹線道路だ。だが……なにしろ八島の主砲弾だ、間違いなく道路だけでなく周辺地区にも被害が出る。

今後のことを考えると、可能な限り一般人を巻きこみたくない。いいや、英軍はともかくオーストラリア軍の被害は最小限に留めないと、のちの作戦に支障を来す」

山本の気後れの原因は、ポートモレスビーがなかなか白旗を上げないことにある。

日本軍はオーストラリア本土に進撃するつもりはない。

進撃などしたら、あの広大な内陸部に誘いこまれ、補給線が延びきったところで包囲殲滅される。かといって沿岸部にある諸都市を制圧しても、オーストラリア軍は内陸部に引きこもり、長期間にわたって沿岸部を奪還する作戦を展開するはずだ。

そうなってしまえば、日本軍は膨大な物資を豪州大陸に食われ、全方面に抜本的な問題を抱えることになってしまう。

フランス領のニューカレドニアは恒久的に制圧する。

なぜならニューカレドニアが米豪連絡線をぶった切る最終拠点となっているからだ。

たとえ合衆国軍がサモアやフィジーを確保していても、オーストラリア大陸のすぐ東にあるニューカレドニアが日本軍の手中にあれば、どうすることもできない。

さらには、もうひとつ理由がある。

ニューカレドニアは世界屈指のニッケル産出地なのだ。

ニッケルはエンジンの性能向上や排気タービンのブレード、装甲の強化、砲や銃の性能向上、将来的にはジェットエンジンに不可欠な資源となっている。

なのに日本では、ほとんど産出しない。

つまり喉から手が出るほど欲しい軍事物資なのである。

だからまずは、ニューカレドニアを制圧する。

そののちオーストラリア東岸および東南部にある主要都市に対し、無血開城を呼びかける。

もちろん応じなければ破壊作戦を実施するが、上陸作戦は行なわない。

これはハワイを取った後の合衆国西海岸に対する措置と同じだ。

ようは米豪連絡線を遮断することで孤立させ、そののちオーストラリアの主要都市に圧力を加えることで、オーストラリアが連合国から離反することを誘う作戦なのだ。

合衆国と英国の支援を絶たれたオーストラリアは弱い。

戦争を継続したくても、肝心の装備の大半が国内生産できない。

となれば、あとは連合軍による大反攻作戦の実施を耐えて待つしかないのだが……。

肝心の合衆国が、八島艦隊による西海岸破壊作戦のせいでパニックに陥り、米本土防衛を最優先しはじめたのだ。


こうなると、オーストラリア救出などいつになるか判らない。

いかに連合国の一員とはいえ、孤立無援に追いこまれたオーストラリアは、まず自国を最優先に考えはじめる。

そこに、ころあいを見計らった日本が、日豪単独講和を持ちかける……。

そう……。

征服するのではなく講和することにより、オーストラリアを連合国から切り放すのが南太平洋作戦の最終目標なのだ。

講和が目的である以上、いらぬ恨みは買わぬほうが良い。

そう考えている山本だから、絶大な威力を発揮する八島主砲の使用を躊躇しているのである。

「承知しました。それでは午後五時ちょうどに、いま一度、開城要求を中波ラジオ周波数にて送信します。返答刻限は三時間後の午後八時とします。そして八時を過ぎたら、予定通りに八島主砲を用いた幹線道路破壊砲撃を実施します」

「うむ、それで良い。ただし……開城要求の放送内容に、返答期限を過ぎたら幹線道路周辺に砲撃を実施するから、一般住民は事前に退避するよう付け加えてくれ。

敵に弱みを知らせることにはなるが、同時にこちらの意図も正確に伝わるはずだ。しつこいくらいに警告を発した上での砲撃であれば、ある程度は被害に対する弁明もできる……」

いつもはイケイケどんどんの山本にしては、あまりにも気弱な発言だった。

ただ攻めて敵を撃破するだけで良いなら、これほど苦労はしない。

昨日の敵は今日の友……。

講和を果たした後のオーストラリアは、終戦まで中立的な立場に位置してもらう。

いきなり味方に引き込むのは無茶だ。そうしたくても、白人国家であるオーストラリアは承知しないだろう。

しかし連合国から離脱し、第二次大戦からいち抜けして中立を保つだけなら可能だ。

見返りとして日本と連合国の双方との、軍事物資を除く民間交易を許可すれば、米豪連絡線やインド方面への海路も復活できる。

日本はパプアニューギニアとニューカレドニアを手中にし、そこで侵攻を止める。

こうすることで新たな国境線が定まり、南太平洋での戦争は終わる……。

これが日本のたてた南方方面の最終的な構図である。

「もう少し強気で行っても良さそうではありますが……了解しました」

珍しく宇垣が自分の意見を吐いた。

しかし長官命令には従う。

「すまんな。こうでもしないと陸軍が勘違いする。あくまでポートモレスビーはパプア方面の重要拠点として確保するのであり、占領して圧政を敷くものではないことを知らしめる必要があるのだ」

戦後におけるポートモレスビーの扱いは、じつはまだ確定していない。

パプアニューギニア全土を日本が制圧する以上、ポートモレスビーも日本領として確保される。

しかし日本政府は、ポートモレスビーだけは日本領とせず、上海と同様の国際交易都市に発展させる構想を持っている。

国際交易都市は、保護領ながら一種の独立国として扱われる。

自治権も与えられ、保護国となる日本は総督を置くに留まるのだ。

オーストラリアが中立的立場になったら、ポートモレスビーを介して莫大な資源が行き来することになる。

その時、国際交易都市であれば、可能な限り軋轢を避けることができる……そんな思惑があるのだ。

日本がオーストラリアの資源、とくに軍事物資であるボーキサイトを輸入するためには、いったん国際交易港を中継しなければならない。

茶番に近い手順だが、オーストラリアから交易港へはオーストラリアの輸送船で運び、そこで自国の通貨で決済する。

交易港に籍を置く仲買商社が物資を購入。そののち、新たな取引として、日本の商社へ物資を売却する。この際は『円』で決済される。

こうすれば、日本は交易港の業者から軍事物資を購入したことになり、オーストラリアの中立は保たれる……。

　このような国際交易港を、日本は大連／上海／香港／シンガポール／ポートモレスビー／ホノルルに設置しようと画策しているのである（香港は、中国との全面講和が達成されたら、日本が九九年の租借権を獲得すべく調整が進んでいる）。

「では、通信参謀に命令を受け渡してきます」

　そう告げると宇垣は、さっさと艦橋後部へ歩いていく。

　羅針儀の前に立つ山本は、ふたたび彫像のように動かなくなった。

＊

　同日、午後八時。

　場所はポートモレスビーの中核幹線道路となる、スプリング・ガーデン・ロード。

　再三にわたる八島艦隊の勧告に対し、新市街にあるゴードン地区に設置された連合陸軍守備隊司令部は、またもや開城要求を跳ねつけ徹底抗戦の意志をあらわにした。

「あの馬鹿でかい戦艦に乗ってる指揮官は、いったい何を考えているのだ？」

　守備隊司令官のバジル・モリス少将は、煮えきらない相手に対しほとんど呆れていた。

　去年の九月にイオリバイワまで攻められたモリス少将は、連合軍司令長官のダグラス・マッカーサーの怒りに触れ、シドニー・ラウエル中将と入れかえられる寸前だった。

　しかし日本軍がマナリまで下がり守勢の態度を示したため、かろうじて解任されずに済んだ。

　それだけに、開城などしたら間違いなく処罰される。

　下手すると反逆行為と見なされ銃殺刑になる可

能性すらある。

　つまりモリスには、もう後がないのだ。

「聞けばあの戦艦は、サンフランスコを火だるまにした怪物だそうで。それだけに、脅せば我々が降参すると思っているのでしょう」

　モリスほど達観できていないのは、守備隊副官を務めるアーノルド・ポッツ准将だ。

　ポッツはイオリバイワで日本軍をせき止めた第25旅団長でもある。

「どうせマナリにいる日本陸軍が準備を整えるまで、のらりくらりと攻めるつもりなのだろう。当面、合衆国軍が南太平洋方面に増援を送れない状況を知っているから、完全に舐めてかかっているはずだ。

　それ以外に、破竹の勢いで東南アジアを席捲した日本軍が、ここで躊躇する理由がない。おそらく勢いでここまでやってきたものの、オーストラリア大陸のあまりの広さに怖じ気づいたんだろう」

　オーストラリア本土を攻めきれないのであれば、ポートモレスビーを取っても意味がない。

　そのうち合衆国軍が反攻作戦を実施し、無理して確保したポートモレスビーも奪還されるのがオチだ。

　そうモリスは考えているようだった。

　その時、唐突に地震が起こった。

　いや……。

　ドスンと強烈な縦振動が発生して、机の上にあるインク瓶などが飛び散ったものの、その後に続く横揺れがない。

　二人は司令部地下に設置された耐爆地下壕にいる。

　コンクリート製の天井から破片やチリがパラパラと落ちてきたから、かなりの衝撃であることは確かだ。

「砲弾の着弾だ！　しかし……なんだ、この揺れは⁉」

　モリスたちのいる司令部は、新市街の中心部にある。

　日本軍は夕刻のラジオ放送で、目標はスプリング・ガーデン・ロードだと言っていた。

　もしそれが本当なら、直線距離にして三キロも離れている司令部が、ここまで盛大に揺れるはずがない。

「以前、要塞爆破の実験で、地中深くに掘った坑道へ大量の爆薬を仕掛け、要塞を下から吹き飛ばすというものを見学したことがあります。

　その時の振動にかなり似ています。ですが……あの時の爆破は地下二〇メートルに一トンの火薬を仕掛けたものでしたので、いかに敵戦艦の主砲が巨大でも、そこまで威力があるとは……」

　ポッツの推測は、かなり惜しいところまで迫っていた。

　しかし、それ以上の推測は軍人の常識が邪魔して無理だった。

　爆発は一回のみ。

　夜間ということもあり、おそらく測距射撃を実施したのだろう。

　となれば、まもなく弾着修正を行なった上で本番の対地砲撃が始まるはずだ。

　電話が鳴り、担当が飛びつく。

　すぐに受話器片手に声を張りあげた。

「半島地区の高台にある監視所から緊急連絡です！　監視所の北北東一二〇〇メートルにある幹線道路脇で大爆発が発生。サーチライトで現場を照らしたところ、直径八〇メートル以上の大穴が形成され、吹き飛んだ土砂で街道が埋まっているそうです！」

「直径八〇メートルだと！」

着弾した場所は、幹線が港から小高い丘へ駆け上がった頂上付近だ。

当然、かなり地盤は硬い。

そこに八〇メートルものクレーターを穿つなど、一トン徹甲爆弾なみの威力だ。

いや……。

モリスは知らない。

クレーターのサイズだけなら、たしかに一トン徹甲爆弾なみだ。

しかしクレーターの深さは一五メートル以上ある。

監視所のサーチライトでは、深さまで確認できない。

八島の主砲弾は、常識ハズレの深さまで大地に潜りこみ、そこで深く狭いクレーターを穿ったのである。

八島が行なった主砲射撃は、大仰角射撃だ。

めいっぱいとなる仰角六〇度に上げ、なんと成層圏に達する高度二万メートル以上へと徹甲弾を打ち上げた。

大仰角射撃専用の対地用徹甲弾の重量は、じつに二一五〇キログラム。

通常および対艦用徹甲弾の重量が一四六〇キログラムなのだから、これはもう砲身が耐えられるギリギリの重さだ。

二トンを越える大質量が、二万メートル以上の高さからほぼ垂直に落ちてくる。

これは艦砲というより迫撃砲に近い使用法である。

「モリス司令官……もしかするとヤバイかも」

動揺のあまり、ポッツ准将がスラング混じりの発言になっている。

「ああ、私もそう思う。だがもう、どうしようもない。我々は夕刻の勧告を無視してしまった……」

――ドガッ！

――ドガガッ！

連続ではないが、ほぼ等間隔で凄まじい振動が発生しはじめた。

「本番が来たぞ！　流れ弾が飛んでくるかもしれん。全員、自分の身は自分で守れ！」

そう言いつつ、モリスは机の下に逃げこむ。

振動は十一回あった。

唐突に静寂が舞いもどる。

「……終わったのか？」

机の下から顔をのぞかせたモリス。

恐る恐る、壁際にある電話ブースの下に逃げたポッツに声をかける。

「回数からして、主砲全門を順次発射したようですね。となると今は装弾を行なっている頃でしょう。それが終われば、また来ると思います」

砲が巨大であるほど、装弾にかかる時間も長くなる。

八島の大仰角射撃における平均装弾時間は一分六秒。

その大半が砲身を水平に戻すために消費されているから、これ以上の改善は無理だ。

だが、二分を過ぎても砲撃は再開されなかった。

ふたたび電話が鳴った。

「監視所から連絡です。スプリング・ガーデン・ロードのあった丘陵頂上部は、完全に吹き飛ばされました。周囲三〇〇メートル以内に全弾が命中しています。そのせいで深さ一〇メートルから一五メートルほどの巨大な窪地が形成されました！」

山の頂上だった場所が、反対にえぐれた窪地になったらしい。

当然、道路は完全に寸断されたはずだ。

「巨大戦艦は、わざと人家のない場所を指定して砲撃してきた。もちろん街道を寸断するのが目的だったのだろうが……これは明らかな脅しだ。

度重なる開城勧告のあとの攻撃がこれだ。となると、おそらくもう一度、最後の勧告が来ると思う。それを無視すれば、今度こそ無差別砲撃が行なわれる。

我々は戦うことなく吹き飛ばされるだろう。こんなチャチな退避壕など、一発でもさっきの砲弾がかすれば潰される……」

モリスの声が震えている。

オーストラリア本土からの爆撃隊が大被害を受けて逃げ帰った以上、巨大戦艦の砲撃を止められる者はいない。

もはや打つ手はない。

このまま無視を続け、市民を巻きこんで玉砕するか。

それとも、ただちに市民に対し緊急避難を呼びかけ、安全な場所に逃がすか。

明日の朝になれば、敵の空母航空隊だけでなく、ラエからの陸上航空隊もやってくるはず。

日本軍が全面攻撃に出れば、スタンレー山脈南麓のマナリにいる日本陸軍部隊も南下を開始する。

そうなれば守備隊は、イオリバイワの最終防衛線を死守するしかなくなる。

だがイオリバイワに戦力を集中すれば、背後から巨大戦艦に砲撃され、空からは集中的に爆弾が降ってくる。

かといって部隊を分散させれば、守れるものも守れなくなる……。

完全に詰みだ。

もはやモリスに打つ手はなかった。

「どうなされますか？」

ポッツが心配のあまり判断を仰ぐ。

「…………」

一分以上もの沈黙。

やがてモリスは口を開いた。

「……まもなく最終勧告が行なわれるはずだ。もはや我々は抗う手段を持っていない。かといって、馬鹿正直に勧告を受け入れるつもりはない。

そこでだ。勧告が行なわれたら、ただちに返電する。内容は、勧告内容を精査するため、しばしの時間が必要。よって返答は明日の朝六時に行なう。それまでに攻撃を行なった場合、我々の返答予告は白紙にもどす。これだけ返信するよう通信部に命令する」

「敵がその解答を不服として、勧告自体を撤回する可能性はないですか？」

「それはないだろう。日本軍としても、無駄に戦力を費やして殲滅戦を挑むより、我々が無血開城するほうが得策のはずだ。

日本軍はポートモレスビーを戦略的な拠点にしたがっている。ここが日本軍の手に落ちたら、パプアおよびニューギニア全土が陥落したも同然だ。日本軍はこの地を最終的な制圧限界地点と定めている。それは度重なるプロパガンダ放送でも述べられているからな。

むろん、プロパガンダはプロパガンダにすぎん。日本軍と日本政府の本音は、もしかすると別にあるかもしれない。しかし戦略的に見ても、ここらへんが日本軍の補給限界にあたるのは確かだ……」

「では、明日の朝の返答はどうなさいます？」

「無血開城するしかない……。ただし、タダでは渡さん。まず市民全員の非武装輸送船によるオーストラリアへの退避を認めてもらう。そして次に、守備隊全員の安全の確保と、武装解除なしでのオーストラリア撤収を容認してもらう。

むろん完全撤収前に、機密文書などの破棄と重要施設の可能な限りの破壊も行なう。せいぜい占領する日本軍を困らせてやろう」

「それしかないでしょうね。了解しました。司令部機能のすべてを用いて、いまおっしゃられたことを実行できる態勢を固めます」

と、そこまでポッツが喋った時。

ふたたび電話が鳴った。

「通信部より連絡。敵艦から最終勧告が届いたそうです。内容は夕刻のものと一緒だそうです」

「ポッツ、ただちに返電してくれ」

「了解しました！」

ほとんど死地に追いやられていたのが、一筋の光明を見いだした。

モリスの英断により、死なずに済む可能性が出てきた。

司令官を見守る皆の目に、ふたたび生きる希望が浮かびはじめた瞬間だった。

＊

ポートモレスビー守備隊の返電を山本五十六は受け入れた。

朝まで待つことにしたのだ。

ただし第一空母艦隊には、交渉が不調に終わった時を想定し、明日朝の航空攻撃の準備をするよう命じてある。

そして迎えた一五日の朝。

ポートモレスビー守備隊からの返電を受けた山本五十六は、おおむね守備隊のつけた条件を容認した。

ただし、いくつか条件を付け足している。

『本日以降、完全撤収までの期間を二週間に限定する。その間に撤収できなかった者は全員、ポートモレスビーの南西にあるアイドラーズ湾へ移動し、ポートモレスビー市街地を無人化しなければならない。

以後は日本軍に敵対する行動を取らない限り、アイドラーズ湾からの撤収は、最大で三ヵ月間まで延長することを容認する。

本日ただいまより撤収完了までの間、一切の施設および機材その他の移動および破壊を禁ずる。ただし、これらには生活必需品および個兵装備、非武装車輌は含まれない。

この禁止事項を破った場合、日本軍は戦闘を再開する。豪州部隊の個兵装備は携帯を許すが、それを用いた戦闘行為があった場合も日本軍は反撃する。

以上の条件を受け入れるのであれば、ただちに一時停戦にむけての軍使を派遣する。以上、大日本帝国海軍連合艦隊司令長官山本五十六』

立つ鳥あとを濁すつもりだったモリスの思惑は、山本五十六のつけた条件により実行不可能となった。

これについては、モリスは苦笑いをしつつも認めるしかないと言ったらしい。

かくして……。

フィリピンのマニラについで、二度めの無血開城が実現したのである。

## 四

**四月一五日正午　オーストラリア**

首都キャンベラにある首相官邸。

ジョン・J・カーティン――オーストラリア労働党政権を率いる現首相は驚きとともに目を醒ま

した。

朝早く、ポートモレスビー無血開城の知らせが飛びこんできたからだ。

そして、大慌てで国家安全保障会議の召集を行なった。

閣議に閣僚が参加するのは当然だが、今日は一人だけ例外がいる。

なんとダグラス・マッカーサーである。

マッカーサーはフィリピンを脱出した後、オーストラリアへ移動した。

現在は連合軍南太平洋方面総司令官に就任している。

カーティンもマッカーサーを支持しているため、連合軍のゴリ押しで参加が許されたのだ。

カーティンは会議の冒頭、単刀直入な物言いで話しはじめた。

「無血開城を拒否すれば市民もろとも攻撃を受ける……そう守備隊司令部は判断し、独断で全面撤収を決めたようだ。しかも我々に対し、非武装輸送船を必要なだけ出すよう嘆願してきた。

これは明らかな上層部無視であり、国家反逆罪に匹敵する暴挙だと思うのだが……事が軍事であるため私は即断せず、マッカーサー司令官に意見を伺いたいと思い、急ぎ会議の召集を行なった次第である」

名指しされたマッカーサー。

テーブルの上に両肘をつき、両手の指を絡ませた格好のまま、あまり気乗りのしない声で発言した。

「フィリピンのマニラ市も無血開城したが、それは市民の無駄な被害を避けるための緊急避難的な措置だった。今回も同様と考えられるので、処罰はいったん保留すべきだと思う。

それから……守備隊が嘆願している輸送船の件

だが、これを拒否すると、政府がポートモレスビー市民を見殺しにすることになり、政治的にかなりまずい状況を巻き起こす。

　日本軍は守備隊全員の撤収も容認しているのだから、彼らを無事にオーストラリアへ連れ戻さないと、オーストラリア国民は黙っていないと思うぞ？

　ということで連合軍としては、市民と守備隊の完全撤収が終了するまでは、あまり相手を怒らせるような真似はやめといたほうが良いと判断している」

　弱腰一辺倒のマッカーサーに、閣僚から不満の声が上がる。

　とくに陸軍大臣で労働党副党首のフランク・M・フォードは、自国の閣僚よりマッカーサーを優先したカーティンを見て、珍しく憤慨した様子で発言した。

「ポートモレスビーが日本軍の手に落ちれば、遠からず日本軍の爆撃機がオーストラリア本土へやってきます！　なのに連合軍は、なんらオーストラリアを防衛する態度を見せていません!!

　陸軍大臣の私としては、ただちに連合軍によるポートモレスビー奪還作戦を実施し、断固として死守する態度を見せるべきだと思います！」

　いまやポートモレスビーは、オーストラリアにとって最後の砦……。

　本土にもっとも近い拠点を敵に奪取されれば、ただちに本土が危うくなる。

　これはすでに、ダーウィン爆撃という悪夢で現実のものとなっている。

　だから、オーストラリア本土を守る最高責任者であるフォードにしてみれば、断じて容認できない状況と言える。

　フォードの発言を聞いたマッカーサーが、口元を歪めて反論する。

「……そうは言うが、現実問題として、どうやって連合陸軍をポートモレスビーに送りこむつもりだ？　いまポートモレスビーの沖には、サンフランシスコを焦土と化した巨大戦艦部隊と世界最強の空母機動部隊がいるのだぞ？

　残念ながら合衆国海軍は、一時的に太平洋の防衛が不可能な状況にある。当然だが、南太平洋においても合衆国艦隊の増援はない。貴国は海を隔てた場所へ、連合海軍の支援なしに、どうやって陸軍部隊を送りこむ？　私が教えて欲しいくらいだ」

　現実を直球で投げられたフォード。

思わず返事に窮した。

　このままでは連合軍との軋轢が深まるばかり。

　そう思ったカーティンが、慌ててマッカーサーに声をかけた。

「太平洋における連合軍は、連合海軍の大敗北により、一時的とはいえ拠点防衛に専念せざるを得ない状況にある。それは重々承知しているのだが……日本軍がポートモレスビーを制圧したら、次はオーストラリア本土へ圧力をかけてくるはずだ。

　たしかに日本軍は、オーストラリア本土へ侵攻する能力はないかもしれない。攻めてきたところで、わずかな沿岸部を奪取できるだけで、そのうち内陸部で態勢を立て直した連合陸軍の反撃にさらされる。

　だが……我が国の主要な都市の大半が、その沿岸部にあるのだ。マッカーサー司令官、軍事的には内陸へ敵を引き込んで持久戦を実施するのが最適であっても、それでは国がもたない。

　いまや米壕連絡線だけでなく、壕印輸送ルートも遮断寸前だ。セイロン島を制圧されているため、インド本土へ至る海上ルートは大回りしなければならない。しかも日本軍は潜水艦を多数インド洋に配備しているせいで、日々、我々の輸送船は目減りしている。

この二本の太い海上輸送ルートが遮断されたら、我が国は完全に孤立する。そうなったら、連合陸軍総司令部があろうが関係ない。

手持ちの軍備と物資は急速に目減りし、国内で賄える軍備は悲しいほどに少ない。本土で持久戦を行なえば、先に干上がるのは我々のほうではないのか？

これまで私は、一貫してあなたを支持してきた。英連邦の盟主代理のはずのチャーチル首相は、頼んでも助けてくれないどころか、戦力を出せと言ってきた。それを断ると、途端に冷たい態度を取るようになった。

だから私は、我が国の運命を合衆国にゆだねるつもりで、必死になってあなたを支持してきたのだ！」

カーティンは、喉まで出かかった言葉を、懸命に呑みこんだ。

『あなたはフィリピンから逃げたように、ここでもまた、オーストラリアを見捨てるつもりか⁉』

しかし、言えない。

それを言ってしまえばお終いなのが判っているからだ。

「貴国がいま、非常に困難な立場にあることは重々承知している。だからこそ、いまはひたすら堪え忍び、来年に始まる連合軍の大反撃を待つしかないのだ。

貴君は私を弱腰と思っているようだが、それは違う。出来もしないことを出来るといって、口先だけで心地よい気分にさせる気がないだけだ。

日本軍によるハワイ奪取と合衆国西海岸に対する攻撃は、連合軍にとっても完全に予想外のことだった。

しかも、それを行なったのが、たった一隻の巨大戦艦となれば、通常の戦略・戦術では対処できない。これが常識的な艦隊による侵攻であれば、まだいくらでも対抗する手段はある。だが、あの巨大戦艦が相手では、現状どうすることもできない。

合衆国の軍事部門は、いまも必死になって巨大戦艦を倒す方法を模索している。ただし……それがいつ実戦に投入されるか、私にもわからない。

しかし、これだけは言える。合衆国という国は、殴られっぱなしのまま泣き寝入りする国ではない。いつか必ず殴りかえす。しかも一〇倍だ。

巨大戦艦は、いまポートモレスビー沖にいる。連合国最大の脅威が、いまオーストラリア本土と目と鼻の先にいるのだ。

いま現在、あの巨艦を阻止する手段はない。となれば、我々にできることは時間を稼ぐことだけだ。一分でも長く、あの巨艦を拘束しておく必要がある。

幸いにも、敵のほうから時間的な猶予を与える提案をしてきた。自分たちから、あの場所をしばらく動かないと言ってきたのだ。これはチャンスではないのか？

おそらく巨艦は、ポートモレスビーから市民と守備隊が撤収するまでは、あまり派手な動きは見せないはずだ。これは我々の思惑とも一致している。

敵の勧告によれば、最短でも二週間、最長だと三ヵ月の猶予が与えられている。この期間を我々は有効に使い、可能な限り敵の作戦行動を遅延させねばならない。それが結果的に、オーストラリアを生き長らえさせることにも繋がる。違うかね？」

「ううう……それはそうだが……」

それでは政権がもたない。

軍事と政治は違う。カーティンには、いま政権を投げ出す選択肢はなかった。

苦悩するカーティンの姿を見たマッカーサーは、しばし思案した後、意を決したような顔で話しはじめた。

「……私とて、ふたたびオーストラリアから逃げ出すようなことになれば、今度こそ更迭されるだろう。私も後がないのだよ。だから可能な限りここに留まり、オーストラリアのために働く所存だ。

それでも駄目な場合は……合衆国がオーストラリアを見限ったと判断しても仕方がない。その場合、私は責任をとって総司令官を辞任するとともに、オーストラリアと運命を共にするつもりだ」

ここに来て、まさかの言葉がマッカーサーの口から飛び出てきた。


『オーストラリアと運命を共にする』

これの意味するところは、マッカーサーが連合軍を見限ってオーストラリア政府のために動くということだ。

マッカーサーは、ただの将軍ではない。

合衆国国内においては、政治的にもある程度の影響力を持っている。

その彼が動くということは、第二次世界大戦の趨勢にすら影響を与えるはず……。

そこに思いが至ったカーティンは、思わずゴクリと喉を鳴らした。

それを見たフォード陸軍大臣が、すかさず発言した。

「戦略的な見地からの時間稼ぎであれば、私としても同意するしかありませんな。私はオーストラリア第一主義者ですので、連合国の中のオーストラリアではなく、オーストラリアあっての連合国という立場を崩したくありません。

その一点において、マッカーサー司令官の御意見に同意できると思います。ともかく今は下手に出て、敵の様子を伺いつつ、影では粛々と軍事的な準備を行なう……これであれば、前言を撤回してもいいでしょう」

強く反対していたフォードが軟化した。

これを見逃したら、纏まる話も纏まらない。

「諸君！　私とてオーストラリア国の首相だ。祖国を第一に考えるのは当然であり、逆境にある現在、卑怯者の誹りを受けようと、祖国を守るためには何でもしなければならないと確信している。

まだ、道は残されている。日本軍がポートモレスビーの無血開城を言いだしたのは、それが一番合理的だからだ。無駄な戦闘を避け、戦力を温存しつつ拠点を確保する。極めて計算された行動であり、彼らが理性的な証拠である。

となれば日本軍の次なる行動も、その理性に基づいて行なわれるだろう。理性的であるなら、おのずと対処する方法もある。それを我々は、稼いだ時間のあいだに、なんとしても模索しなければならない。

よって私は、日本軍の要求を全面的に呑み、市民と守備隊の全面撤収とポートモレスビーの明け渡しを実施したい。これに反対する者は、いますぐ挙手してくれ」

首相と連合軍総司令官、そして陸軍大臣までもが意見の一致を見たのであれば、他の閣僚は文句を言えない。

誰も挙手しないのを確認したカーティンは、おもむろに声を張りあげた。

「では、ただちに非武装輸送船の確保にむけて行動を開始する！　今後は我が政府が直接に日本軍と交渉にあたる。

その旨をただちに打電し、日本軍がいらぬ行動に出ないよう釘を刺さねばならない。会議はこれで終了する。閣僚各位、己の職務において万全を尽くすことを期待している。以上だ！」

カーティンの決断により、オーストラリアは大きく政治的に舵を切った。

今後、それがどう波及していくかは未知数だ。

しかし……。

彼の決断により第二次世界大戦もまた、大きな曲がり角にさしかかったことだけは確かだった。

# 第二章　欺瞞と真実

## 一

### 一九四三年六月　南太平洋

南太平洋作戦の開始から二ヵ月が経過した。

ポートモレスビーの無血開城は、山本五十六の勧告に基づき、二週間の期限付きで実施された。

当然だが、その期間では、一般住民すべてをオーストラリアへ移動させることはできない。なのに、わざと期限を設けたのは、武装しているオーストラリア軍と英軍を先に撤収させるためである。

二週間が経過した時点で、案の定、英軍守備隊が残留延長を言いだした。

住民を残して撤収はできないというのが理由だ。

しかしGF司令部は、

『すでに帝国陸軍部隊がポートモレスビー市街地のすぐ北方に待機している。予定通り帝国陸軍の市街地進入を実施するにあたり、英軍が残留していると不測の事態が発生する可能性が高い』

そう警告した。

先に結ばれた停戦協定では、『交戦が発生した場合、日本軍は停戦を破棄し戦闘を再開する』とある。

市街地で両軍が混在する状況では、不測の事態……交戦が発生する可能性は極めて高い。

結果、停戦の破棄をもたらし一般住民を危険にさらすことになるが、それでも英軍守備隊は民間人保護のために残留すると主張するのか？

そうGF司令部は遠まわしに脅したのである。

この警告に対しては、オーストラリア政府が連合軍南太平洋総司令部（実際にはマッカーサー）に対し強く要請するかたちで、英軍守備隊の即時撤収の命令を引きずり出した。

英軍のメンツを保つために、オーストラリア国民の生命を犠牲にはできない。そう政府自らが判断したのだ。

さすがに英軍守備隊も、これ以上の遅延工作は無理と判断し、マッカーサーの命令に従う旨の返答を行なった。

かくして……。

三日のあいだに英豪守備隊は、モレスビー港から非武装輸送船に乗り、オーストラリア北東部にあるクックタウンへ去って行った。

そしてモレスビー港周辺の倉庫を仮宿としていた一般住民は、当初の予定を変えて、同じ湾内にあるフェアファックス港へと移動させられ、そこから可能な限り早い時期にオーストラリア本土へと移動させることになった。

この措置により二週間と三日後には、ポートモレスビー市街地全域が、完全に日本軍の支配する地となったのである（港に残っている一般住民の衣食住は日本軍が提供した）。

＊

六月一五日……。

「南太平洋作戦の第二段階を実施する」

久しぶりに、八島艦橋に山本五十六の命令が響いた。

「八島艦隊、第一空母艦隊、出撃！」

宇垣参謀長による復唱。

一気に艦橋が活気に満ちる。

これより八島艦隊と第一空母艦隊は、南太平洋作戦第二段階となるニューカレドニア攻略作戦を実施する。

ニューカレドニアはフランス領のため、南太平洋における連合軍の中でも特殊な状況にある。

なにしろフランスの首都パリはすでに陥落し、南フランスに亡命政権があるものの、実質的にはナチスドイツによって国を占領されているのだ。

そのためニューカレドニアのフランス軍守備隊は、対日開戦前から配備されていた少数のみ。むろん祖国からの援軍はこない。

開戦後は、英米豪三ヵ国軍の支援部隊が駐留しているものの、米豪連絡線の途中にある要衝としては最も配備数が少ない。

そこで大本営陸海軍部は、力ずくでニューカレドニアを攻略するのではなく、ポートモレスビー同様に、まず無血開城の勧告から始めることにした。

これは、『日本軍は南太平洋において、まず最初に無血開城勧告を行ない、それを相手が拒否した場合のみ軍事施設の破壊を目的とした攻撃を実施、その後に再度の勧告、それも無視した場合は全面破壊作戦もしくは上陸作戦を実施する』、という基本方針を知らしめるためだ。

ポートモレスビーとニューカレドニアの二ヵ所でこの方針を徹底する。

その上でオーストラリア政府に対し、単独講和を睨んだ停戦要求を実施する。

停戦要求が拒否された場合には、沿岸部の都市に対する大規模な破壊攻撃を実施する……。

そうオーストラリア政府に思わせるよう意図的に作戦が組まれているのだ。

アメリカ西海岸のようになりたくなければ、停戦要求に応じるしかない。

　そう思わせれば作戦は達成となる。

　そののち、恒常的な休戦協定から単独講和条約の締結にまで至れるかは、まだ不透明だ。

　しかし布石だけは打っておく。

　日本としては、太平洋で合衆国海軍が動けないうちに、南太平洋方面を連合軍から切り放したいと考えている。

　なので、もしオーストラリア政府が最後まで単独講和条約の締結を渋った場合は、ニューカレドニアとポートモレスビーの二大拠点をベースに、戦争終結までオーストラリア本土への破壊攻撃を継続することになっている。

　本土上陸作戦は行なわない。

　都市機能を破壊するだけだ。

　定期的に沿岸部を破壊することで、相手を根負けさせる。


　その最後の布石であるニューカレドニア攻略作戦が、ついに始まったのである。

「しばらくは、南太平洋方面にいる空母機動部隊は第一空母艦隊のみになります。それを補うため、陸軍航空隊がポートモレスビーにやってくる予定になっています」

　いつものように山本五十六の後ろにたたずむ黒島亀人長官専任参謀。

　出撃のため場所を移した宇垣参謀長の代わりに声をかけた。

「あまり時間がないから、ニューカレドニア攻略は急がせるぞ。とはいっても、急がせるのは八島艦隊と南雲さん……第一空母艦隊のみだが。

　我々がニューカレドニアに居座るのは一ヵ月間のみ。あとは後藤存知（ごとうありとも）少将の支援隊と、木村昌福（きむらまさとみ）少将の輸送隊、そして本土で改装が完了した艦で編成される南太平洋艦隊と交代する」

「第一空母艦隊は、のちにセイロンのトリンコマリーで再編成される予定ですので、そのまま次の作戦に投入されるわけではありません。そこはお間違いなく」

黒島のいう通り、南雲機動部隊は今後、セイロン島で再編成される。

これは白鳳(はくほう)型正規空母二隻（白鳳／紅鳳(こうほう)）が今月に完成するせいだ。

八島型設計艦は『完全ブロック工法』を採用している。

そのため艤装まで連続して行なわれる（途中で進水式など行なわない）。

そのおかげで完成後は、ただちに公試を行なうことができる。

公試で重大な不具合がなければ習熟訓練へと、これまた連続で移行する。

今回の場合、公試は相模湾と玄海灘で実施されるが、その後の習熟訓練はセイロンへ移動する間に行なわれる。

「それは承知している。なにしろインド方面艦隊も、改装や新造した艦と一部を入れ替えるのだから、なにも南雲さんのところだけの話ではない。ともかく合衆国海軍が復活する前に、こちらも態勢を整えておかねばならんからな。

とはいえ……いくら日本が頑張っても、合衆国の驚異的な建艦速度には勝てない。八島工法で費用と鋼材の節約を、完全ブロック工法で工期の短縮をと、いろいろ創意工夫してもかなわんのだから、これはもう限界と言えるだろう。

となれば我々は、可能な限り艦を失わない戦いをしなければならん。そして同時に、連合軍の艦は、より多く沈めなければならん。ほとんど無茶な注文だが、それを可能とするのが八島なのだ。

儂としても、八島にこれ以上の苦労は掛けたくない。しかし八島は、もとから被害担当艦として設計され、その思想を具現するかのように、これまで戦ってきた。

おそらく……これからもそうなるだろう。しかも時期が過ぎれば過ぎるほど、それは一層過酷になっていく。それを運命づけられている艦なのだ」

山本の述懐にも聞こえる話に対し、黒島は返事をせず黙っている。

誰もが八島の過酷な運命については熟知している。

そして八島に乗艦している自分たちもまた、八島と共に過酷な運命を甘受しなければならない。これまた承知の上だ。

だから黒島は返事をせず、暗黙のうちに了解したのである。

「左舷前方に敵の非武装輸送船団。航路を明け渡すよう通達しますか?」

航行参謀が、困った表情を浮かべて裁可伺いをしにきた。

どうやら英豪軍守備隊と一般住民を乗せた輸送船の群れが、前方海上で通せんぼしているらしい。

「いや、こちらが進路を変更しよう。すでにモレスビー湾は出ているから、どのみち進路を東に向けねばならんからな」

モレスビー湾を出ると、右舷側にドーゴ島が見えてくる。

しかし、じつは左舷側にも浅い珊瑚礁が広がっている。

そのため南へむかう航路は、ふたつの珊瑚礁の間の狭い範囲に制限されている。

その航路を輸送船団がまっすぐ進むのであれば、八島艦隊と南雲艦隊は、無理してそこを通らず、左舷へ九〇度転進し、珊瑚礁とポートモレスビー沿岸との間の海峡を東へ進むほうが合理的だ。

二〇キロも東に進めば珊瑚礁は切れる。

その後に南へ進路を変更しても、時間的なロスはほとんどない。

文句があるとすれば、『連合軍に対し便宜を計りすぎる』と不平を言う強硬派士官くらいだ。

山本は、進路を変更する理由をもうひとつ口にした。

「どっちみち珊瑚海を横断して、南東に位置するニューカレドニアへ至る航路を選択することになる。だから基本的には東進してのち南進となる。

その間、何度か事前勧告を実施しなければならんから、どうせ我々の居場所は敵側に知られてしまう。そうなるとオーストラリア本土にいる米英蘭豪合同艦隊が、捨て身の襲撃をしてくるかもしれぬ。

襲撃を事前に察知する意味でも、なるべく豪州本土から離れた航路を選択すべきだ。なので、東進から南進への航路が第一選択肢となる」

せっかく山本が航路変更の理由を告げたのに、黒島は敵艦隊の話にしか興味を示さなかった。

「まともな頭の持主なら、豪州沿岸を守る最終手段である艦隊をくり出すなど、愚の骨頂と考えるはずですけどね。

私個人の考えでは、かの艦隊は、我々がニューカレドニアから豪州本土へ攻撃目標を転じたのちに、最後の抵抗を示すために出てくると思っています」

「うむ、儂もその可能性のほうが高いと思う。連合軍としても、サンフランシスコを守るため戦った太平洋艦隊所属艦のように、地域住民を守るためのジェスチャーが必要だからな」

すでに南太平洋の連合軍には、八島艦隊と南雲部隊を阻止できるほどの海軍戦力はない。

となれば、ともかく守るために戦ったという

『実績』が必要になる。

死地に追いやられる者たちにとっては地獄のような措置だが、そもそも軍人とは国民を守るために存在するのが建前だから、実行しない理由にはならない。

「輸送船団から、進路を譲ってくれた事に対する感謝の意の通信が届きました」

通信参謀が、艦橋電話所から戻ってきた。

どうやら宇垣の指示で、直接に報告を届けにきたらしい。

「それでいい。少しでも日本軍が理性を持った集団だと印象付けられれば、それだけ我々の目標も達成しやすくなる。いろいろ文句を言いたい者もいるだろうが、ここは我慢してもらおう」

恨みを買うのはたやすい。

だが、買った恨みを解消するには、気の遠くなるような年月が必要だ。

ならば最初から、可能な限り恨みを買わないようにする。

言うは易しいが、実際に勝っている場面で実行するのは難しい。

しかし、やらねばならない……。

すでに山本五十六の脳裏には、終戦までの行程が刻まれている。

ただし……。

勝って終戦となるか、はたまた負けて終戦となるかは、まだ定まっていない。

それを知ろうにも、いまは不確定要素が多すぎる。

これから八島は不確定要素を潰すため、ひたすら戦いを挑まねばならない。

それがどれだけイバラの道か……。

これもまた、山本は承知の上だった。

## 二

**六月二八日　ベルリン**

今年の二月二日。

パウルス元帥率いるドイツ第6軍は、スターリングラードにおける攻防戦に破れ、ソ連軍に降伏した。

しかしドイツ軍はその後、起死回生の巻き返しを計った。

第三次ハリコフ攻防戦において、ドイツ軍のマインシュタイン元帥がソ連軍の攻勢をせき止め、ソ連軍にクルクス突出部という弱点を形成させることに成功したのだ。

ハリコフでの勝利を得たヒトラーは、この弱点をどうするかにおいて、ふたつの策を選択できる状況となった。

ひとつは、ソ連軍をさらに突出させるため、あえてドイツ軍を後退させる策。

もうひとつは、クルクス突出部を積極的に攻め、包囲殲滅を計る策だ。

スターリングラードでの敗北を重視したヒトラーは、年内の積極攻勢を諦め、持久戦を挑みながら戦力を回復する気になっていた。

ところが参謀総長や中央軍集団司令官のクルーゲ元帥、第9軍司令官のモーデル上級大将らから積極攻勢案が提出され、ヒトラーも彼らの声を無視できなくなってきた。

そこで四月二日に、作戦計画を決定する会議が総統府で開催されることになった。

ヒトラーは冒頭、居並ぶ軍の重鎮たちに、日本軍による圧倒的な快進撃を指摘した。

その上で、太平洋における戦略的地位を失った合衆国が、連合軍の受けた汚名を返上すべく、ヨーロッパ戦線に集中する可能性が高いと述べた。八島の戦いが、ついに欧州戦線を左右するところまで来たのだ。

まさにバタフライ効果である。

ヒトラーは語った。

『諸君のいう通り、ハリコフの勝利を千載一遇の好機と見るべきなのは、戦術・戦略の双方において正しい判断と考えている。しかし、もっと大きな視点でこの戦いを見て欲しい。

もし諸君が、これからクルクス突出部を包囲して殲滅戦を挑むためには、ドイツ本国からさらなる機甲部隊を送り出さねばならない。

バルバロッサ作戦を開始した当時、我が軍には三三〇〇輌の戦車があった。だが今年の一月二二日時点では、なんと四九五輌にまで減っている。

そこで私は、リヒトホーヘンに大規模な航空攻撃を命じ、ソ連軍の戦力を漸減させることに成功した。

すべては戦力の回復とさらなる増強を計るためだ。時間稼ぎをして、パンター戦車やティーガーⅡ型戦車の実戦配備を急がせた。その甲斐あって、現時点では、戦車および自走砲の総数は二七〇〇輌にまで回復している。

だが……私が得た最新情報によれば、ソ連軍もクルクス周辺に、戦車と自走砲あわせて三三〇〇輌を展開していることが判明している。

つまり馬鹿正直に包囲殲滅戦を挑めば、我々はまたしても甚大な被害を被ることになるわけだ。たとえ勝利しても、その後の進撃が不可能になるほどの損害を受ければ、元も子もない。

さらに悪いことに、クルクスの戦いの最中、イタリアのシチリア島に連合軍が上陸し、翌月にはイタリア本土へ上陸した。これはアメリカ軍による、欧州戦線に対する本格的な侵攻開始だと判断している。

おそらくイタリアは遠くない将来、連合軍に占領されるだろう。そうなれば次はフランスだ。フランス南部に侵攻した連合軍は、我々の下腹に食い込む致命的な牙となる。

その時、西部戦線に必要充分な数の機甲部隊がいなければ、たやすくパリまで攻めのぼられるだろう。

諸君、東部戦線が重要なのは重々承知しているが、それよりもドイツ本国を脅かすイタリアの敵に対処することが、現時点において最重要な事ではないだろうか』

まずは枢軸同盟国であるイタリア方面に対処する。

それを可能にするため、ソ連方面では持久戦を行なう必要がある。

持久戦になれば、ソ連軍は数にモノを言わせて突出してくる。

その突出を甘んじて受け、少しずつ後退しつつも、全体的には北・西・南からの包囲網を強めていく。これもまた、攻勢防御戦法のひとつだと考えている。

まずはフランスに連合軍が侵攻してきたら……いや、イタリア北部へ侵攻してきたら、そこを最強にまで高めた西部方面軍で叩く。

連合軍を地中海へ叩き落とすことに成功すれば、その時こそ東部戦線に戦力をスイングし、一大攻勢に転じる。

それまでは可能な限り航空攻撃で、ソ連の戦闘車輌を漸減する……。

これがヒトラーのプランだった。

会議での協議といっても、ヒトラーがここまで戦略的な構想を述べた上で当面の策を出してきた以上、居並ぶ重鎮たちは表立って反論できない。

かくして……。

ナチス・ドイツもまた、八島艦隊の影響を受け、大きく方針を転換したのである。

＊

そして六月二八日……。

久しぶりにベルリンにおいて戦略会議が開かれた。

会議の冒頭、ヒトラーは満足した表情で切り出した。

「四月に開催した戦略会議以降、戦争の推移は、おおむね私が予想した通りになっている。ムッソリーニを救出したのち、イタリア北部にイタリア社会共和国を樹立させたのだが、そこにフランスを経由して西部方面軍を投入、攻め上がろうとする連合軍を食い止めることに成功した。

もし四月以降、戦力を移動させずにいたら、今頃はイタリア全土が占領されていたかもしれない。しかし、それは阻止された。連合軍は出鼻を挫かれた形となり、イタリア南部を死守すべく守りに入っている。

しかし……相手はアメリカ合衆国だ。このまま耐えるだけのはずがない。そのうちに、大西洋を越えて大量の軍備と兵力を送りこんでくる。

そこでだ。今回の会議の主題になるが、**同盟国である日本に対し、中東方面およびスエズ運河に対する攻勢を打診したい**と思う。

すでにセイロン島へ拠点を構え、インド洋全体に睨みを利かせている日本軍だ。これまで連戦連勝の日本海軍に、同盟国として、少しばかり我が覇業の手伝いをしてもらおうと思っている。

日本軍がスエズ運河を破壊すれば、彼らにも大きなメリットとなる。インドへの支援が喜望峰回りに限定されるため、ますますインドが孤立することになるからだ。

そうなれば、インドで発生している独立運動にも拍車がかかる。インドが独立して枢軸国寄りになれば、日本軍がアラビア半島南部に展開する布石となるだろう。

そうなれば我が軍は、日本軍が侵攻するぶん中東戦線に送りこむ戦力を節約できる。うまく行けば、日独軍が合同してエジプトを制圧できるかもしれない。そうなれば北アフリカ戦線に巨大な影響を及ぼす。

連合軍はイタリア死守どころか、背後を枢軸軍に脅かされることになる。そうなればイタリアから撤収し、戦線はモロッコまで後退するだろう。

どうだね、諸君。いまは英軍に占領されているイタリア領ソマリアを活用する意味でも、中東方面に日本軍を呼びこむプランは必要だと思わんか？」

言葉巧みに重鎮たちを煽るヒトラー。

クルクス包囲戦を持久戦に変化させたことで、イタリア方面に充分な戦力を供給することができた。それを為したのは自分……その自信がいまの驚くべき提案にも溢れている。

それにしても……。

イタリアにおいてムッソリーニが失脚するのは、もう少し後になるはずだった。

ドイツ軍によるイタリアへの圧力が、かえってイタリア王国の決断を早めたことになるのだが、これは場合によってはヒトラーの判断ミスになりかねない事態だった。

それを反対に好機として、一気にイタリア社会共和国の樹立とドイツ軍の急派に結び付けたあたり、最近のヒトラーは絶好調である。

その得意満面なヒトラーに、おそるおそる挙手した者がいる。

国民啓蒙・宣伝大臣のゲッペルスである。

「情報によれば日本海軍は、戦艦ヤシマなる超巨大艦を用いて、ハワイだけでなくアメリカ西海岸にまで攻撃を仕掛けたとなっております。

閣下が日本を利用なされるのであれば、このヤシマを利用しない手はないと思います。最新情報ではオーストラリア近辺で作戦行動を取っているようですが、せっかくですので、日本国に対し支援要請をなされる時は、このヤシマを中東侵攻の目玉になるよう、重点的に申し込まれるべきだと思うのですが……」

ゲッペルスはここの所、政敵であるオットー・デートリッヒに圧されぎみだ。

そのため、起死回生の権力回復を狙っての進言なのだろう。

必死に意見を述べる顔には、いつもの皮肉めいた笑いが消えていた。

「ふむ。くだんの戦艦については、私のところにも仔細な報告が入っている。百万トンを越える超巨大戦艦と聞いた時には、稚拙なプロパガンダだと笑い飛ばしたが、その後の日米戦の推移を知るにつれ、くだんの戦艦が現実のものであることを確信するに至った。

日本はすべてをかなぐり捨て、たった一隻の超巨大戦艦に国家の運命を託した。その狂気が大勝利を産んだのだ。

ならば我々も、その狂気を利用すべきだと思う。その結果、日本が劣勢になっては困るが、どのみち合衆国の軍備大増産が軌道に乗れば、日本は次第に追いこまれていく。

それまで、せいぜい我が国のために働いてもらうのであれば、同盟を結んだ甲斐もあるというものだ。

　うむ、ゲッペルスの進言、なかなか良いぞ。問題は、こちらの希望をどうやって日本に呑ませるかだが……」

「それにつきましては妙案があります。アラビア半島に日本軍が侵攻したら、いずれどこかで我が軍と邂逅します。その時、ドイツ軍が所有する軍事機密の多くを手渡しすると確約すれば、技術力不足に悩む日本は飛びついてくるでしょう。

　更に言えば、日本が得意とする空母建艦技術やコンクリート造船技術などと交換できれば、我が軍の戦力向上……とくに海軍艦艇の抜本的な増強に直結するのではないかと思う次第です」

　これまで日独は潜水艦を使い、細々と技術交換をしてきた。

　喜望峰を回り、大西洋を延々と北上する過程において、悲願達成とならずに撃沈された潜水艦も多い。

　それが陸軍同士による手渡しが可能になれば、比較にならないほどの技術情報と現物供与が可能になる。

　今回の進言、ゲッペルスにしては最上級のヒットである。

「なるほどな。諸君、いまの進言、私はすばらしいと思うぞ。我が海軍は、とくに空母建造において試行錯誤を余儀なくされ、なかなか完成に至っていない。

　だから世界最強の空母機動部隊を有する日本の空母技術が得られれば、飛躍的な進展も夢ではない。

　その他については、日本のほうが得るものが多いとは思う。だが、コンクリート船に関する技術は、なかなか見るべきものがある。

　いまのところ理由は不明となっているが、くだんの戦艦が洋上で信じられないほどの回復力を示したという情報もあるから、その秘密を共有できるだけでも得難いメリットとなるであろう」

　言葉の最後で、ヒトラーは意思決定を示す言葉を口にした。

　こうなるともう、誰にも止められない。

　まだ会議ではろくに討論が行なわれていないにも関わらず、すでに終わったかのような雰囲気が漂いはじめた。

　それでもなお、主に軍の最高指揮官たちから、各方面の戦術的な意見具申が行なわれた結果、戦略会議とは名ばかりの戦術検討会議が行なわれることになったのである。

　かくして……。

　ドイツは単独で欧州戦線を戦うことをやめ、日本に対し直接的な支援を要請することが決定した。

　この決定が、その後の第二次大戦の推移を大きく変化させることになる。

　しかし、いま現在。

　その全体像を見通せる者は、まだ誰もいなかった。

## 三

### 七月二〇日　南太平洋

　南太平洋作戦の第二段階が始まって、おおよそ一ヵ月。

　ニューカレドニアに対しては、南太平洋作戦に共通する懐柔優先方針に基づき、まず最初に降伏勧告が行なわれた。

　ニューカレドニアを守るフランス軍守備隊は、山本五十六の勧告に対し、かたくなに拒否し続けている。

フランス軍にしてみれば、すでに本国は落ち、遠く離れたニューカレドニアにおいても孤立している状況だ。

以前はともかく、米豪連絡線が事実上寸断されている現在、フランス軍守備隊は他の連合軍のニューカレドニア進駐を認めていない。

その理由は不明だが、噂では、いつまでたってもフランス本国を解放できない連合軍に対し、南フランス臨時政府が猜疑の念を抱いているためとなっている。

そこに八島艦隊からの降伏勧告である。

ここでニューカレドニアが抵抗せずに降伏したら、フランス本土の国民はさらなる絶望感を味わうことになる。

だから意地でも降伏できない……。

気持ちはわかるが、かなり可哀想な状況と言える。

だが、感情論で左右される日本軍ではない。降伏勧告が拒否されたと同時に、南雲機動部隊による航空攻撃が行なわれた。まさに容赦ない一撃である。

その後は攻撃と降伏勧告が交互に行なわれている。

ニューカレドニア島は、ある程度の広さがある。

陸地の総面積は一八八〇〇平方キロで、四国の一八五七五平方キロとほぼ同じだ。

しかし南北に細長い形をしているため、もっとも広い所でも幅七三キロしかない。これは防衛するには難しい形だ。

そのため、ニューカレドニア本島と近くにあるロイヤルティ諸島などに滑走路が八ヵ所もあるにも関わらず、たった三日ですべての滑走路が破壊されてしまった。

南雲忠一率いる第一空母艦隊が滑走路を潰すと、

すぐさま八島艦隊が砲撃を開始した。

まずは本島の北部にある要衝マラボウから始まり、陸軍基地のあるカアラ・ゴメヌなど、ニューカレドニア島の南岸を舐めるように砲撃していった。

そして南部の中核都市ヌメア沖に居座ると、ポートモレスビーと同様に、無血開城するよう勧告した。

これでヌメアが開城すれば、上陸部隊を送りこむ予定になっている。

開城を拒めば、今度は島の北岸の要衝とロイヤルティ諸島にある三つの島を順次砲撃し、ふたたび南岸を巡ってヌメアの沖へ戻ってくる。

そして七月二〇日現在……。

八島艦隊はヌメアの沖にいる。

第一空母艦隊は、ロイヤルティ諸島とニューカレドニア本島との間の海峡を移動しつつ、ニューカレドニア全体ににらみを利かせている状況だ。

さらには、明日にも上陸部隊をともなった輸送隊がやってくる。

彼らの準備が整えば、強行上陸作戦が実施される。

なので本日は、最後の降伏勧告とヌメアの無血開城勧告を行なっている最中である。

＊

「さて……やるべきことはやった。あとは今夜かな？」

試すような口調で、山本五十六は宇垣纏へ質問した。

場所は八雲の昼戦艦橋。

ＧＦ参謀部の面々も揃っているが、緊迫した様子はない。

「五分五分でしょうね。さすがに何もしないわけにはいかないでしょうが、本当に敵が艦隊を出すとなれば、これは悪手としか言いようがありません」

山本と宇垣の会話は、オーストラリア本土から米英蘭豪合同艦隊が出てくるかどうかについてだ。

オーストラリア東岸の要衝ブリスベンから、ニューカレドニアのヌメアまで一三七〇キロ。

実際の出撃港はシドニーのボタニー湾だろうが、ギリギリまで日本軍に察知されないためには、まず本土の東岸を北上したのち、ブリスベン付近で東に転進するのが合理的だ。

なにしろ米英蘭豪艦隊といっても、その実体は、米海軍が重巡ヒューストン／駆逐艦四隻、英海軍が重巡エクセター／駆逐艦三隻、オランダ海軍が軽巡デ・ロイテルとジャワ／駆逐艦二隻、オーストラリア海軍が軽巡パースのみ……。

総数でも重巡二隻／軽巡三隻／駆逐艦九隻にしかならない。

日本海軍の巡洋艦隊相手ならまだしも、八島艦隊が相手では、まず重巡の砲撃は通用しない。実質的な有効戦力は軽巡と駆逐艦の雷撃となる。

ところが軽巡デ・ロイテルとジャワは雷装していない。

反対に重巡エクセターとヒューストンは雷装しているが、重巡を水雷戦隊として機能させるのは無理すぎる。

となると雷撃戦力は駆逐艦九隻のみとなる。

対する八島艦隊は、砲撃戦は八島、水雷戦は第一／第三水雷戦隊の軽巡高津／太田と駆逐艦二〇隻が担当する。

いずれも圧倒的な日本有利。

米英蘭豪艦隊は、出てきても潰されるのがオチだ。

それでも全滅覚悟で、一矢報いたい思いのほうが強ければ出てくる。

宇垣参謀長は冷静に判断した結果、五分五分と見ていた。

「儂は出てくると見ている。しかも今夜を逃せば、いろいろと連合軍として都合の悪い状況になるから、一撃離脱で襲ってくる可能性は高い」

少しでも生存率を高めるには、闇夜に紛れて高速突入し、一撃したら尻尾を巻いて遁走する策が一番だ。

攻撃する理由が、『連合軍はニューカレドニアを見捨てはしない』という政治的理由である以上、粘って玉砕するよりも、なんとか豪本土へ逃げ戻るほうが正しい選択となる。

これは米英蘭豪艦隊の存在理由が、オーストラリア本土防衛となっているからだ。

八島艦隊は、いずれオーストラリア本土へやってくる。

その時、本土を守る艦隊がひとつもないとなれば、これは連合軍にとって致命的な失策となる。

なので本当は、ニューカレドニアなど守る余裕はないのだが、メンツを立てるため嫌々出撃するようなものだ。

「明日の朝には開城勧告の期限が切れて攻撃開始となる。だから嫌でも夜戦を挑んでくるだろうな」

宇垣は五分五分というが、応戦準備だけは万全にしておかねばならん。その点、大丈夫だろうな？」

「大丈夫です。日没前に、八島艦隊と南雲艦隊の双方から索敵機を発進させます。日没後は第三水雷戦隊が陣形外側となる三〇キロ西方沖へ、第一水雷戦隊が内側となる一五キロ沖へ移動し、敵艦隊の早期発見に務めます。

もちろん八雲もヌメア沖一〇キロに布陣し、対水上レーダーを夜どおし稼動させて警戒にあたります。なので敵艦隊がやってくれれば、まず見逃すことはありません」

準備万端整えて、もし来なければ吉とす。

いかにも慎重派らしい宇垣の判断だった。

「では、少し寝ておくかな。どうせ今夜は徹夜だ。宇垣も少しは休んでおけ。代わりは参謀部にいくらでもいるだろう？」

黙っていると、宇垣参謀長は絶対に寝ずの番をする。

だから、あえて山本は口に出した。

「了解しました。無理はしませんが、日没になったら艦橋に戻ります」

了解はするが、本当に休みかは状況次第。

これまた宇垣らしい返答だった。

かくして……。

七月二〇日の午後は、のんびりとした風景のなか過ぎていった。

＊

二〇日午後八時七分。

南太平洋では、七月は真冬にあたる。

そのため日没は早い。八時ともなると、すっかり夜の帳が降りきっている。

夕刻の索敵では、敵艦隊は見つからなかった。

いるであろうブリスベン沖を重点的に行なったのだが、どこにも姿はなかったのだ。

昼寝から戻った山本五十六も、もしかすると予測を間違えたかもしれないと口にした。

その時……。

八島の電探室から緊急の艦内電話が入った。

すぐさま通信参謀が大声で報告する。

「南方三六キロに複数の艦影あり！　三〇ノット以上の速度で接近中‼」

「敵なのか？」

思わず山本は間抜けな質問をしてしまった。

「敵ですね。おそらくニュージーランドの港に隠れていたのでしょう」

すかさず背後にいる黒島亀人が答える。

ただし黒島は、現われた艦隊を米英蘭豪合同艦隊とは言わなかった。

それが引っかかり、あらためて宇垣参謀長に聞いてみた。

「宇垣、どう思う？　予想していた敵艦隊ではなく、ニュージランド海軍の艦隊ではないのか？」

「ニュージランドには沿岸警備用の艦しかいません。やってきた艦隊は三〇ノットを越える速度で接近中ですので、どう考えても艦隊機動が可能な巡洋部隊です。

そして南太平洋にいる連合軍の巡洋部隊は、サモアにいる一個艦隊とオーストラリア本土にいる一個艦隊のみです。となると現在位置から考えて、米英蘭豪艦隊に間違いないと思います」

「ふむ……まあいい。どっちみち迎撃戦闘は避けられん。第一水雷戦隊は敵艦隊の左舷方向へ、第三水雷戦隊は右舷方向へ回りこみ、左右同時に強襲雷撃を実施せよ。八島は現在位置で迎撃、迎撃方法は艦長に一任する。以上、命令を送れ」

夜間のため三六キロになるまで発見が遅れてしまった。

残された時間で選択できる策は限られている。

そう思い、八島艦隊が強襲された場合の戦術機動を命令した。

現在の八島は西方向からの敵襲を警戒し、左舷を西にむけて停止していた。

つまり敵艦隊から見ると艦尾を見せていることになり、かなり不利な状況といえる。

八島艦長の松田千秋少将（昇進）は、迷うことなく命令を発した。

「左舷九〇度転舵。転舵中に後部副砲全門による威嚇射撃を実施する。転舵終了後は主砲測距射撃ののち主砲全門による逐次射撃を実施せよ。なお左舷の二〇センチおよび一二センチ砲は、射程に入り次第、各自判断で砲撃を実施。以上、該当部門に伝達せよ」

松田は北太平洋作戦が実施されている頃、戦艦日向(ひゅうが)の艦長だった。

ただし日向は、英東洋艦隊との決戦に参加していた。

不運なことに海戦で中破してしまったため、その後は第一次改装を兼ねて、日本本土で留守番をすることになった。

改装が終了した日向は、第二次南遣艦隊の中核艦として、セイロン島東方沖海戦で大戦果を上げることになる。

しかし連合艦隊が活躍しているハワイ方面には一度も参加していない。

そこで今回の南太平洋作戦では、日向は第二次改装終了後に、後続派遣部隊として参加することが決定した。

ただし、そこに松田千秋はいない。

彼は英東洋艦隊を屠った実績がある。

そのため海軍上層部から、八島艦隊の後始末役を任せるのは宝の持ち腐れとの意見が出た。

このような経緯があり、松田は今回の人事移動で、晴れて八島艦長に抜擢されたのである。

「これより五分後に副砲射撃を実施する、後部上甲板および中甲板に退避警報を発令する」

艦内一斉放送で、退避警報が発令された。

本来なら後部のみの発令のはずだが、転舵後の主砲射撃を踏まえ、前倒しの全艦発令になったようだ。

五分後……。

ズドドドドドドドーッ！

地鳴りのような砲声が響いた。

後部の四六センチ五〇口径副砲六基一八門が、一斉に吠え始めたのだ。

主砲ほどではないが、それでも長砲身の四六センチ砲。

四〇〇〇メートルほど離れている夜戦艦橋にまで轟音が伝わってくる。

「いまのは転舵中の威嚇射撃だから、まず当たらんだろう。それでも敵艦隊からすれば恐怖のはずだ。これに脅えて突入速度が鈍ればいいが……」

山本の独り言を聞きつけた松田艦長が、こっそり近づいてきた。

「こちらの水雷戦隊が出遅れてしまいましたが、敵の出足さえ鈍れば間に合うはずです」

後部副砲による一斉射撃は、もとから敵の気勢を削ぐためだったと、艦長自ら説明する。

「思惑通りに行かねば、困ったことになるぞ？」

「それも承知しております。もし敵艦隊の速度が落ちなければ、水雷戦隊の突入と主砲射撃が同時となりますので、下手をすると水雷戦隊に誤射による損害が出てしまいます。

その場合、水雷戦隊が雷撃突入を終了して回避行動に移るまで、主砲は測距射撃一発のみに留めます。それでも危険ではありますが、その一発が味方の水雷戦隊に当たる確率は非常に低いと考えております」

確率が低くとも、当たる時は当たる。

だが松田は八島の艦長だ。

艦長が自分の艦に対する采配を決した場合、たとえ山本五十六であっても、そう簡単に艦長命令を撤回できない。

しかも松田は、大戦果を上げた実績のある名将だ。

　初めて八島艦隊の一員として戦う松田がどういった采配を見せ、それがどう戦果に繋がるのか、山本五十六はじっと見守る責務がある。

「そうか。では引き続き、宜しく頼む」

「了解しました！」

　見る限り、松田艦長は積極的な性格らしい。

　それが買われて、被害担当艦でもある八島艦長に抜擢されたのかもしれない。

　どうせ被害を受けるなら、そのぶん相手にも大被害を与える。

　それが八島の戦い方なのである。

「八島、転舵終了！」

「敵艦隊の速度、落ちません！　命中弾もない模様‼」

「彼我の距離三〇キロ」

　――バウッ！

　第一主砲塔の一番砲が、測距射撃を実施する。

　使用したのは一式白燐焼夷弾だ。

　この砲弾は海面で炸裂し、派手なまばゆい光輝を発生させる。

　それを光学測距儀で観測し、射撃データを修正する。

『こちら砲術長。主砲順次射撃、準備完了です！』

　艦橋スピーカーから、檣楼トップの主砲指揮所にいる砲術長の報告が流れる。

「水雷戦隊の突入雷撃を待て」

　松田艦長の冷静な声。

　その一四分後。

　待っていた報告が届いた。

『こちら通信室。第一および第三水雷戦隊、全艦雷撃突入を終了。現在は回避しつつ退避中！』

「主砲、順次撃て！」

　松田が大声で命じる。

その直後、怒涛の十一連射が開始された。

＊

ほぼ同時刻、米英蘭豪合同艦隊旗艦の重巡ヒューストン。

「艦隊周囲に着弾多数！　両舷方向より敵の水雷部隊が突入してきます！」

報告を受けた米英蘭豪艦隊司令官のカレル・W・F・M・ドールマン少将は、驚いた表情を浮かべて聞きかえした。

「我々の奇襲は、成功したのではないのか⁉」

てっきり奇襲は成功したと思っていた。

わざわざオーストラリア本土からニュージーランドまで迂回し、ひたすら身を隠しながら八島艦隊へ接近したというのに、すでに発見されていたらしい。

ちなみにドールマンはオランダ海軍の提督だが、いまは米海軍の重巡ヒューストンに乗りこんでいる。

「そのはずですが……」

参謀長も首を傾げている。

大口径砲による射撃を受けただけでも、奇襲が失敗したことは間違いない。

なのに敵の雷撃戦隊に挟み撃ちにされたのだから、奇襲されたのはこちらのほうだ。

結果を見ようとしない参謀長を見て、ドールマンは怒りを覚えた。

「ええい、現在の距離はどれだけだ！　敵水雷隊じゃない、正面にいる超大型戦艦までの距離だ‼」

「一八キロです」

「一八キロで発見されるとは……敵もレーダーを使っているのか？」

八島艦隊がレーダーを使用していることは、すでに米海軍には知られている。

しかし、なぜかドールマンは知らなかったようだ。

もしかすると、これまで米海軍と八島との戦場が北太平洋だったため、ハワイ方面で得た情報がオーストラリアへ伝わっていなかったのかもしれない。

ところで……。

なぜ自国の艦である軽巡デ・ロイテル／ジャワに乗らずヒューストンなのかと言えば、ヒューストンには、一九四二年に実装されたSG水上レーダーが搭載されているからだ。

レーダーなしの夜戦では、日本艦隊にかなわない。

なのに日本海軍は、一九四二年の開戦劈頭から主力艦にレーダーを搭載してる。

レーダーを有する日本海軍は、まさに鬼に金棒である。

今回の奇襲においても、対水上レーダーは不可欠だ。

そこで恥を忍んで、米艦に作戦司令部を設置したのである。

だが……。

重巡にSGレーダー初期型だと、探知距離は最大で二二キロしかない。

八島の冗談みたいに高い檣楼トップにある二式二号一型水上電探だと、最大ではなんと四一キロまで見通せるのだから、せっかくレーダー搭載艦を選んだメリットがなかった。

「先ほど砲撃してきた超巨大戦艦は、あい変わらず一八キロ先にいます。その後の砲撃がないところを見ると、先に水雷戦隊を突入させる作戦のようです」

そう参謀長が言った途端。

　各海軍ごとに縦列陣を敷いている艦隊の右舷方向六〇〇メートルに、とんでもない規模の光り輝く炸裂が発生した。

「な、なんだ⁉」

「おそらく白燐弾の海面炸裂です。規模からして巨大戦艦の主砲弾でしょう。一発のみですので測距射撃だと思われます」

「味方の水雷戦隊が突入中なのに、主砲を射っただと⁉」

　あまりの非常識に、思わずドールマンは耳を疑った。

　しかし参謀長が答えるより早く、発光信号所からの伝令の声が響く。

　どうやら艦隊の先頭にいるオランダ海軍の駆逐艦から緊急通信が入ったらしい。

「敵の水雷部隊、順次、艦首を翻して回避運動に移行中！」

「いかん！　魚雷が来るぞ！　全艦に回避命令を出せ‼」

　二隻の駆逐艦を先鋒として突出させ、サーチライトによる索敵を行なわせていた。

　だからもう敵の水雷戦隊は、一〇キロ以内にまで接近してきている。

「各海軍ごとに回避運動を開始しました」

　発光信号を見た各艦隊が、慌てて散りはじめる。

　――ドウッ！

　右舷最外側にいた米海軍の駆逐艦四隻の先頭艦に、夜目にも赤く光る爆炎が上がった。

　甲板監視員が艦橋デッキで叫ぶ。

「駆逐艦エドワーズに魚雷命中！」

「各艦隊に応戦命令を出す！　なんとしても雷撃をしのぎ、超巨大戦艦のいる場所までたどり着くぞ！　このまま終わってたまるか‼」

連合軍南太平洋総司令部からは、絶対に全滅するような無茶はするなと厳命されている。

ともかく八島艦隊にこっそり近づき、一撃離脱を仕掛けるだけ……。

その後は尻尾を巻いてオーストラリアのメルボルンに逃げ帰るのだ。

「なにか……なにか手はないのか⁉」

それはまさに、血を吐くような叫びだった。

## 四

**七月二〇日夜　南太平洋**

怒涛の主砲十一連射！

米英蘭豪艦隊に、この世の終わりのような巨大砲弾が降りそそぐ。

英海軍所属の駆逐艦エレクトラは、艦橋右舷側一〇メートル付近に着弾した六四センチ主砲弾の炸裂により発生した衝撃波と水柱により、海面から八メートルも持ちあげられたあげく横転、そのまま沈没してしまった。

当然、搭乗員に脱出する余裕はなく、水柱が巻き起こす激しい乱流で大半が死亡した。

直撃弾こそなかったものの、吹き荒れる砲弾の断片により中破した艦が多数出た。

それ以前に、日本軍の二個水雷戦隊の突入雷撃により重巡エクセターが中破、軽巡デ・ロイテルが大破、駆逐艦エドワーズが撃沈されている。

雷撃を含めた攻撃は、時間にしてわずか一五分。

その短い時間で、米英蘭豪艦隊は満身創痍となっていた。

そして……。

砲撃のあと、八島艦隊による降伏勧告が行なわれた。

『我々はフランス領ニューカレドニアを確保するためやってきた。また、オーストラリアに対しては、可能な限りの宥和的措置を講じている。そのため貴艦隊においても、これ以上の攻撃行動を中止し撤収するのであれば、我が艦隊は追撃しない方針である。

しかし攻撃行動を継続するのであれば、引き続き応戦する。その場合であっても、逃げる者は追わない。もし途中で気が変わったら、いつでも撤収して構わない。その場合、我々は貴艦隊を追うことはないだろう』

これでもかの、上からの目線。

しかし八島艦隊が言うのであれば、すべてが余裕の態度となる。

米英蘭豪艦隊司令官のドールマン少将は、五分間の沈黙を守った。

その間も距離は縮まっていく。

そして彼我の距離一五キロになった時、米英蘭豪艦隊から一斉に魚雷が投射された。

同時に、左舷方向へ九〇度一斉転舵。

尻に帆かけて遁走する仕草で、各艦が出せる最大の速度で走りはじめる。

雷撃を実施した時点では攻撃を続行している。

これは八島艦隊の勧告を無視した行動であり、新たな砲撃を招く行為である。

だが、その直後に行なった逃走は、誰が見ても全力で逃げているように見える。

これは勧告にあった、『逃走する者は追わない』に該当する行動といえる。

そのため八島艦隊が攻撃すれば、自ら行なった誓約を破ることになる。

なんとも狡すっからい策だが、ドールマンにはこれしか選択肢がなかった。

戦わずに逃げれば、なんのために出撃したのか意味不明になる。

かといって、まともに戦えば全滅する。

なんとか一矢報いて、なおかつ生き延びる策はないか……。

脳が破裂しそうなほど考えたドールマン。

卑劣なことを承知の上で、一斉雷撃後の一斉遁走を選択したのである。

＊

「左舷に八発食らいました」

ぶすりとした表情で、宇垣纏が報告する。

宇垣は、山本五十六が出した勧告内容に最後まで反対した。

それだけに、結果的に受けた被害にも不満たらたらのようだ。

「明日には支援隊がやってくる。そしたら一時的に支援隊へ預けている特殊工作輸送艦の伊豆と房総も、予定通り補修作業に取りかかれる。

それまでは八島補修隊のみで、残骸の撤去と応急処置を行なえばいい。どのみち明日の夕方には全面復旧できるだろう。

その間注意すべきは、敵の長距離陸上航空隊の攻撃だけだ。逃げた敵艦隊は、まず戻ってこないだろう。彼らには豪州本土を守る責務があるからな。

そこでだ。明日の朝の航空攻撃を予期し、第一空母艦隊と直掩空母二隻、そして八島直掩隊による早朝直掩を実施する。八〇機を越える直掩機がいれば、敵の陸上航空隊がやってきても被害は最小限に抑えられるはずだ」

「……承知しました。ただちに伝えます」

長官命令が出た以上、宇垣には参謀長として動く責務が生じる。

しかし一瞬の躊躇があった。

宇垣にしては珍しい、感情による判断の遅延だった。

航空参謀に命令を伝えに行く宇垣参謀長。それと入れ代わるように、黒島亀人が顔を見せる。

「あのぶんですと参謀長、そうとう鬱憤が溜まってますよ。これ以上の圧力は、参謀長の職務に支障を来しきたます。少しは優しく接して頂けませんか？」

黒島は長官付きの参謀だが、同時にＧＦ参謀部の一員でもある。

そのため宇垣の惨状を見て、つい進言したくなったようだ。

「オーストラリアに対する基本方針を変えるつもりはない。あくまで停戦ありきの行動でなければならん。そこに妥協は一切ない。

しかし……その前に宇垣が壊れたら困るな。基本方針の範囲内で良いのなら、なんとか落ち着くように接してみよう」

いくらソリの合わない間柄とはいっても、同時に夫婦に例えられる長官と参謀長である。

作戦に支障が出ない範囲であれば、ある程度、波風を立てないようにする必要がある。

山本が妥協する発言をしたため、黒島もそれ以上は言わなかった。

そこへ同じ専任参謀の渡辺安次わたなべやすじ中佐がやってきた。

「別動上陸部隊による、ニューカレドニア本島の東海岸にあるチオ近郊への上陸を、本日未明より開始するとの連絡が入りました。

チオはニッケル鉱山で働く労働者たちが多く住む町で、戦前には日本人も一二〇〇名ほどいました。

そのため上陸作戦は可能な限り住民被害を減ら

さねばならず、上陸前は、第一航空艦隊による敵守備隊駐屯地と滑走路のみの攻撃となっております。

これでは敵守備隊の漸減が不十分なため、現地の上陸作戦司令部から、敵部隊の排除に少し時間がかかりそうだとの事前連絡が入っております。これらについての返答、どういたしましょうか?」

チオにいる日本人は、すでにオーストラリアへ送られているとの情報がある。

ハワイとおなじく、戦時の敵性外国人として収容所へ輸送されたのだ。

そのため町の住民は半減しているはずだが、日本側としてはポートモレスビーの時と同様、なるべく民間人の被害を減らしたい。

そこで仏軍守備隊が現地住民を盾にしない限り、町には突入せず、もっぱら敵守備隊陣地のみを制圧する作戦が練られている(盾にした場合は容赦なく全力で敵守備隊を殲滅し、敵に反撃の機会を与えない)。

これらの特殊事情により、もとからニッケル鉱山制圧作戦は、日程的に余裕をもって組まれていた。

だが、それでも遅延しそうだとの連絡である。

「明日の朝には、ヌメアから陸路で四五キロ北にある、アンス・ロング湾に対する主力部隊による上陸作戦が開始される。

ヌメアは南に突き出た半島部にある都市だから、上陸部隊は進撃して半島基部から攻めることになる。

となると……フランス守備軍は逃場がなくなる。必然的に篭城戦になるが、すぐ沖には我が艦隊と支援隊が布陣し、いつでも艦砲射撃ができる態勢で威嚇することになる。

あとは、ヌメアのフランス軍が降伏勧告に応じるかどうかだ。こちらとしては、オーストラリアと違い、フランス軍に遠慮することはないのだが、ヌメアにいる大勢の民間人にはオーストラリア人も多い。

彼らに被害を与えると、その後の対オーストラリア政策に支障が出る。なので、ここでも基本方針通り、ヌメアに対する粘り強い説得工作と、人的被害があまり出ない形での、重要地域への砲撃による恫喝を実施することになる。

つまり、上陸作戦部隊の多くがヌメアを包囲するのに費やされる関係で、ニッケル鉱山を制圧するための部隊へ援軍を送るのは、かなり後になるだろう。

そうだな……一ヵ月以内には、後続部隊として南太平洋艦隊がトラック経由でやってくるから、援軍はそれからになるだろうな。

それまでは現状の兵力でなんとかするしかない。よって強攻策は最後の手段だ。敵守備隊がかたくなに抵抗するのであれば、一端様子を見つつ包囲戦を展開するなど、被害を最小限に抑える作戦展開を希望する、そう返電してくれ」

上陸部隊には陸戦隊も含まれるが、指揮系統としては陸軍上陸部隊司令部の指揮下に入っている。

そのためGF司令部は陸軍司令部に進言や要請のかたちでしか要望を伝えられない。

それを守らず直接に指揮したら、それこそ越権行為のため非常にまずいことになる。

現地での陸海軍の軋轢は、可能な限り回避しなければならない。

それがGF司令部の方針なのだから、総大将である山本五十六が自ら破るようなことは死んでもできなかった。

「了解しました。通信室へ行ってきます」

そう告げると渡辺は、そそくさと去っていく。

「黒島……貴様と違って渡辺は勤勉だな。少しは見習ったらどうだ？」

「お言葉ですが、それは無駄というものです。適材適所、私の働く場は違うところにあります」

しらっと断る黒島亀人。

しかし言っている事は正しいため、山本も次の言葉が出ない。

やがて……。

宇垣参謀長が戻ってきたことにより、黒島はようやく口を噤（つぐ）んだ。

＊

同じ頃、日本本土……。

緊急召集された大本営会議。

南太平洋で奮戦している八雲艦隊をよそに、国内にいる軍上層部は大いに揺れていた。

事の発端は、ヒトラー総統直々の通信電文が、世界各地にある枢軸陣営の通信所を中継しつつ地球を半周して届いたことだ。

要約すると、

『日本軍によるアラビア半島上陸と、スエズ運河の一時的な破壊を行なって欲しい。見返りは石炭から人工石油を生成する技術の譲渡。アラビア半島における石油利権の折半。中東を経由しての陸路・手渡しによる軍事技術の供与（この件は相互供与）。

もし中東全域の制圧に直接の軍事支援をしてくれるなら、スエズ運河の共同運用とエジプトを攻略する共同作戦の実施を容認する』、以上である。

ドイツは使用する燃料の八〇パーセントを人工石油に頼っている。

日本もドイツに習って研究してみたものの、いまのところ失敗続きだ。

だからもし、この要請を受諾すれば、日本の石油事情は一変する。

問題は後半の追加要請だ。

スエズ運河の共同運用は願ってもないことだが、その見返りが大幅な戦線拡大の手伝いというのは解せない。

ヒトラーから見れば、エジプトを制圧したらアフリカ方面への進撃路が開けるのだから、日本にとっても得策だと思っているのだろうが、日本からすれば、アフリカの資源を獲得するために補給路を現在の二倍近くまで延ばすのは、あまりにも無謀に思える。

ヒトラーが要請を前半と後半に分けたのも、前半は日本を引き込むための甘い餌にして、後半はドイツに有利な鞭とするためではないか……。

会議が冒頭から紛糾したのも、これがあったからだ。

一時間かけた議論の末、ようやく東条英機(とうじょうひでき)首相が口を開いた。

しかも、いきなり結論じみた内容だった。

「二兎を追う者は一兎も得ずと申しますので、私としては今回のヒトラー総統の申し出、お断わりすべきだと考えていますが……」

陛下も臨席している会議で、天皇の輔弼(ほひつ)である首相が先に結論を口にするのは禁忌である。

それを承知の上であえて行なったのだから、東条英機としては首をかけての上奏のようなものだった。

当然、列席している全員が息を呑んだ。

しばらくの沈黙……。

ついに陛下の口が開いた。

「ドイツは枢軸同盟を結んだ友邦である。戦時下の現在、数少ない味方からの要請を全面拒否するのはどうかと思う。

かといって、日本が不利になる要請を鵜呑みにはできない。東条も是非の判断ではなく、条件をつけての段階的な協力を検討すべきではないか？」

陛下は東条の勇み足を罰するでもなく、さりとて賛成もしなかった。

ドイツとの友好関係を損なわない範囲で、日本に可能な支援を検討したらどうか……いかにも陛下らしい温情溢れる判断だった。

半分賛成、半分反対。

ヒトラーの要請を細かく分け、日本に可能かつ有利なものを先に受諾し、その他は後回しにせよ。

そう言われた東条は、自分の勇み足を自覚したのか、いまも口を噤んだままだ。

代わりに永野修身海軍軍令部総長が、いつもの『のほほん』とした口調で話はじめた。

「海軍としては、インド独立が達成されたのち、地固めをした上で中東方面への侵攻を計画しておりましたが……もし陛下の御聖断があらば、部分的な作戦実施であれば可能と考えております。

むろん、アラビア半島侵攻となれば陸軍の参加が不可欠となりますので、海軍だけで即断はできませんが……。

さらに申し上げれば、全面的なアフリカ侵攻は無謀極まりないと考えております。出来て艦隊による沿岸砲撃と陸戦隊による強襲上陸、しかも一時的な拠点奪取くらいしかできません」

永野の発言を受けて、梅津美治郎陸軍参謀総長が挙手する。

「陸軍としては、豪州方面の方向性が決定しない限り、あまり手広く戦線を拡大したくはないのですが……しかしながら陛下の御聖断が下されるのであれば、ビルマ方面でインド国民軍の支援に専念している第一七軍から部隊を出せると思います」

　梅津の発言に陛下が質問した。

「そうするとビルマ方面が手薄にならないか？」

「大丈夫です。中国方面において蒋介石政権と汪兆銘政権が連合することが決まり、同時に国共合作の破棄が決定しました。

　あとは公式に宣言するだけの段階に至っておりますので、これが実施されたら、中国戦線における日本軍は、おおよそ半数が撤収する密約が交わされております。

　残りの半数は、蒋介石政権が本当に共産軍を主敵として戦うかを見極める必要がありますので、その後となります。

　実質的に蒋介石政権は、連合国からの支援が閉ざされています。なので生き残るためには、日本に対して全面的な妥協を強いられる状況にあります。

　そこで、まず浮いた半数の中国方面軍の三分の二をビルマ方面へ移動させ、残りの三分の一は、関東軍への目付を兼ねて満州へ派遣します。

　こうすれば、関東軍の暴走もある程度は食い止められますし、ソ連に対する牽制にもなります」

　中国方面から戦力の半数をスイングさせる。

　なんとも大胆な策だが、いかにも梅津らしい策でもある。

「東条、陸海軍はこう申しているが？」

　珍しく陛下が会議をリードしている。

　それだけ他人任せにしたくないと思っているのだろう。

「陛下のお考えがあり、陸海軍が実行可能と言うのであれば、私としては何も言うことはありません。

　では、陸海軍の判断を踏まえて、大本営において仔細を検討させることにしましょう。そして実行可能と判断されたら、ただちに作戦立案を行ないます。作戦が決定したら宮中御前会議において実行の可否を決定いたします」

　東条が口にしたのは政治的な流れであり、ここまで至れば、まず間違いなく作戦実施となる。

　このことは会議に参加している全員も承知していることなので、いまの東条の発言によって、事実上、中東方面への進出は決定したも同然だった。

　問題は、その規模だ。

　投入する戦力が少なすぎると、ヒトラーに義理立てしただけと見なされる。

　そうなれば見返りの技術提供や石油利権も、挨拶程度になってしまう可能性が高い。

　かといって大規模投入となれば、日本の戦争遂行に支障が出る。

　可能な限り少ない戦力投入で、可能な限り大きな見返りを得る必要がある。

言うはたやすいが実行するのは困難極まる。

　それを東条は、さらりと大本営陸海軍部へ丸投げしたのだった。

# 第三章　帝国海軍の真意

## 一

### 一九四三年九月一二日　セイロン島

八月四日、ついにニューカレドニアが陥落した。

とはいっても、各地のニッケル鉱山を守備していたフランス軍は、なかなか降伏しなかった。

ただ、中心都市のヌメアが早期に半島付根を制圧されたせいで、主力の守備部隊が根こそぎ半島先端部に追いこまれてしまった。

海からは八島艦隊の砲撃。

半島基部からは陸軍と陸戦隊部隊。

要塞など持たないフランス軍が猛攻に耐えられるはずもなく、わずか六日で白旗を上げることになった。

フランス守備部隊の司令部が降伏したため、まだ戦っていた各地の守備隊も、徐々にだが白旗を上げはじめた。

そして八月四日、日本軍はニューカレドニア全土を制圧したと、八島から中波および短波ラジオ放送を行なったのである。

結果的に、ポートモレスビーに待機していた後続部隊――五個連隊は戦うことなく、ニューカレドニアへは交代要員として送られることになった。

同時に戦艦『伊勢／日向』を中核艦とする南太平洋艦隊と、角田覚治少将率いる第三空母艦隊が珊瑚海に入り、入れ代わるように八島艦隊（特殊工作輸送艦二隻を伴う）と第一空母艦隊は島を離れることになった。

そして……。

八島が向かった先は、なんとオーストラリア東岸。

大胆にもシドニー沖二〇キロまで接近し、大出力のラジオ放送を行なったのだ。

いつでも砲撃できる態勢で、オーストラリア政府と国民に対し、これ以上の戦闘は互いを不幸にすると諭したのである。

山本五十六は、ラジオ放送に自らの声を乗せて語った。

『我々は戦いに来たのではない。日本とオーストラリアの講和を求めてやってきたのだ。米豪連絡線が遮断され、豪印輸送路も事実上途絶している。現在のオーストラリアは、いかなる意味でも連合国からの支援を受けられない状況……完全に孤立している。

もとより我々は、仏領ニューカレドニアの制圧をもって、南太平洋作戦を終了する予定だった。日本は南太平洋において、これ以上の戦線拡大を望んでいない。しかしオーストラリアとニュージーランドが抵抗するなら、不本意ながら攻撃を続行するしかなくなる。

北米西海岸を破壊したのと同様、シドニーを皮切りに、南回りでダーウィンまで沿岸部を辿り、徹底した都市破壊を実行するだろう。

ただし、それはあくまでオーストラリアが戦いを継続した場合だ。我々は攻撃されない限り、オーストラリア本土を破壊しない。これは連合艦隊司令長官の名において誓約する。

我々はオーストラリア政府および軍の意志を確認するため、これより南回りでダーウインまで沿岸部を移動する。その間、攻撃されない限り、我々は一方的な停戦状況を厳守する。

そしてダーウィンに到達するまで停戦が守られたら、貴国が停戦交渉に応じると判断する。その場合、ダーウィンにおいて、日本政府とオーストラリア政府の公式な休戦協定の締結にむけての話し合いを行なう予定にしている。

この休戦協定は、最終的に日豪講和条約の締結を目標としている。これは単独講和のため、連合国は関係ない。もし連合国のほうで問題が出るのであれば、オーストラリアは連合国から離脱しての講和樹立を希望している。

講和がなされた後は、オーストラリアは中立国となり、平和裏に枢軸国や連合国と交易を行なうことが可能になる。当然、米豪連絡線や豪印輸送路も復活するだろう。

ただし中立を守るため、第二次大戦が終了するまでは、直接的な軍事物資の交易や軍備の調達は禁止事項となるだろう。

では、我々はシドニー沖一〇キロ地点まで接近したのち、進路を南にむける。重ねて通達する。我々は攻撃されない限り、都市部の破壊は行なわない。その後、メルボルンのポート・フィリップ湾のすぐ外に移動、ここでもラジオ放送を繰り返し行なう。

次はアデレード沖、次はエスペランス沖、ブレマン・ベイ、オールバニー、オーガスタ、マンジュラを経由し、バース沖でふたたび放送を行なう。

その後は西海岸を北上しつつ各沿岸都市を総なめにし、最後にダーウイン沖五キロ地点にて投錨しつつオーストラリア政府の返答を待つ。

以上、大日本帝国政府の全権委任を受け、ここに公式な通達を行なった。願わくば貴政府の賢明なる判断を期待している。以上、連合艦隊司令長官・山本五十六』

事実上、オーストラリア軍による攻撃は封じられた。

もし攻撃などしたら、それこそアメリカ西海岸の二の舞いだ。

放送では触れられていないが、少し内陸部にあるキャンベラも、第一空母艦隊の航空攻撃にさらされるだろう。

それでも、万が一のこともある。

どこかの跳ねっ返りが、独断で攻撃を仕掛けてくる可能性は大いにある。

そこで山本は、攻撃を受けた場合はすぐに反撃せず、最終確認の放送を行ない、オーストラリア政府の総意を問うことにしている。

むろん甘やかすつもりはない。

返答までは一時間しか猶予を与えず、無視もしくは攻撃を正当化した場合は、一時間後に身近な沿岸都市に最大規模の攻撃を実施する予定になっている。

そして……。

オーストラリア政府は折れた。

八月一八日にダーウイン沖へ到達するまで、銃弾の一発も発射しなかったのだ。

そしてダーウイン沖に八島が投錨すると同時に、政府特使がダーウィンに到着している旨の通信連絡をしてきたのである。

その頃には、飛行艇でインドネシアのマカッサルからやってきた日本政府交渉団も到着し、八島艦隊の当面の目的は達成された。

ニューカレドニアから重巡三隻を中核艦とする支援隊も到着し、ようやく八島艦隊と第一空母艦隊は、次なる目的地へと向かう準備が完了したのだった。

＊

九月一二日、セイロン島のトリンコマリー港。

そこに八島艦隊と第一空母艦隊の姿があった。

第一空母艦隊には、真新しい大型空母が仲間入りしている。

赤城／加賀に代わって新配備となった、白鳳型正規空母『白鳳／紅鳳』である。

全搭載機数はあまり変わらないものの、白鳳型は八島設計の重装甲空母、飛鶴／紅鶴も軽装甲空母となっているため、敵の攻撃を受けた場合の継戦能力は段違いに向上している。

しかも全艦が新型艦上機で固められたせいで、航空隊の運用も楽になった。

インド方面艦隊の主隊（戦艦『金剛／榛名』を中核艦とする第二次南遣艦隊）は、日本本土で戦艦『比叡／霧島』が第二次改装を終了し第三次南遣艦隊として派遣されてきたら、ようやく日本本土へ戻ることになっている。

なお、第一空母艦隊から籍を外された赤城と加賀は、のちに日本本土へもどる第二次南遣艦隊に随伴し、本土到着後は、ようやく中度装甲化を目的とした第二次改装に入る予定となっている。

ハワイ方面はそのままだが、改翔鶴型正規空母二隻（蒼鶴／白鶴）がまもなく完成するため、その後はハワイにいる第四空母艦隊を現地で再編することになっている。

同じ頃、新型の『蒼燕型軽空母』二隻（蒼燕／紅燕）も習熟訓練を終えて、南太平洋にいる第三空母艦隊の再編に参加することになっている。

その他、新型の軽巡や駆逐艦も徐々に完成していくため、旧型艦と順次交代していく予定だ。

交代した旧型艦は、簡易の追加装甲や装備の更新を行なうため、日本や台湾の造船所へ戻ることになっている。

これらの更新により、日本海軍はようやく余剰戦力を持つことになる。

来年早々にも始まる米艦の大規模就役に対抗するため、旧型艦は引退できない状況にあった。

「なかなか日本へ帰れんな」

なかば苦笑いのような笑顔を浮かべ、山本五十六は冗談っぽく話している。

場所はトリンコマリーの旧英東洋艦隊司令部。

来賓用の応接室のソファーに、山本を含めて四人の人物が座っている。

「インド方面艦隊の御助力により、我がインド国民軍のインド南部制圧は、予想を上回る速度で拡大しております。

現在は、西のマンガロールから南部中央のエロードを経由し、東海岸の要衝であるカッダロールを結ぶ線の以南は、すべて独立インドの支配地域となっています」

深々とお辞儀をしながら話しているのは、インド国民軍の最高指導者――チャンドラ・ボースだ。

現在のボースは、七月一日付けで『独立インド暫定政府』をセイロンのコロンボに樹立し、初代首相におさまっている。

もともと軍の指導者としては精神的な支柱でしかないため、ようやく政治家として力量を発揮できる地位につけたことになる。

「いま首相が言われたラインは、もとから独立勢力が幅を利かせていた地域ですので、これからが本番ですよ。

我々……ベンガル方面軍も負けてはいられません。すでにダッカは我々が制圧していますし、最前線はベンガル西部のコルカタに移っています」

負けじと声を張りあげたのは、インド国民軍ベンガル方面司令長官に任じられているホルク・ムハンマド中将だ。

ホルクは名前の通りイスラム教徒であり、ベンガル方面軍はイスラム教徒がかなりの割合を占めている。

そのせいで、インド国内にいるイスラム教徒たちが、こぞってベンガル地方へ移住してきている。これは、多数派のヒンドゥー教徒に虐げられたイスラム教徒が、新天地を求めて移動したというのが真相のようだ。

イスラム教徒の大移動は、英インド植民軍にとって晴天の霹靂のようなものだった。

インド植民軍は公称一〇〇万人と言われているが、そのうちの二〇万近くがイスラム教徒だったこともあり、彼らがインド国民軍に寝返ったせいで、一気に八〇万に減ってしまった。

さらには南部のシンハラ人も、セイロンへ大挙して渡っている。

インド独立戦争は民族闘争の側面もあるため、ボースは未来のインドを多種族共存国家として纏めようと懸命になっている。

もしこれに失敗すれば、インドは最低でも三つに分裂する。

その場合でもボースは、国家連邦制度を用いて『インド』という総体を纏めるつもりだ。

これらの複雑な事情があるため、日本は軍事および経済的な側面支援を行なうだけで、あとは独立後の軍港確保と治安維持のための駐屯軍を置くだけにする予定になっている。

「遠からず、英領インドは内部から瓦解するでしょうな。東洋艦隊なき今、インドは完全に孤立しております。

一九四一年に起こったソ連軍と英国軍によるイ

ラン侵攻で、イランは連合軍によって支配されています。なので、細々ながらイラン経由の補給はできているようですが……。

その先にあるイラクが、これまた一九四一年に発生したクーデターで英軍と敵対していますので、イラクが枢軸国寄りである限り、これ以上の補給拡大は望めそうもありませんな」

最後に発言したのは、七月になってから続々とセイロンに集結中の、帝国陸軍第一七軍司令官——百武晴吉(ひゃくたけはるよし)中将だ。

現在は第六師団を中核とする中東方面軍司令官として、セイロンで最後の調整を行なっている。

そう……。

八島艦隊がセイロンに来たのは、インド方面を支援するためではない。

ヒトラー総統の要請に基づき、中東方面へ戦線を拡大するためである。

海は八島艦隊と第一空母部隊が担当するが、肝心のアラビア半島南部への進出には陸軍部隊が必要になる。

そこで陸軍中東方面軍が編成され、その総司令官として百武中将が任命されたのだ。

「インド方面に関しては、インド方面艦隊とインド国民軍に任せる。とはいっても、我々が中東方面作戦を実施するためには、後方となるインド方面が安定してくれないと困るのだが……」

いまのところは、インド方面で大波乱が発生する兆候はない。

着実に英インド植民軍は圧され続けているし、セイロンの守りは万全だ。

しかし中東方面は、あきらかに日本の補給線に無理を強いる。

できればインド方面をある程度は制圧し、インド方面だけで中東方面の後方支援を行ないたいところだ。

もともとその予定だった帝国海軍だったのだが、ヒトラー総統の唐突な要請により、すべてが前倒しになってしまったのである。

「連合艦隊には御迷惑をおかけしません！　何がなんでも、インド方面は我々の手で取りもどして見せます!!」

ボースの意気込みは凄いが、あくまでそれは政治的なポーズだ。

軍事的には、インドが完全に独立するためには、まだ何段階ものステップが必要である。

「英領イエメンへの上陸作戦は、さほど問題なく実行できるでしょう。そのための輸送部隊もコロンボに到着しておりますし、いざとなればインド方面艦隊の一部支援も可能と言質を頂いております」

自分が統率する部隊だけに、百武中将は自信ありげだ。

「そうですな。アラビア半島南部への上陸作戦は、まあ敵軍の規模を考えても間違いなく成功するでしょう。しかし……その後が問題だ。

ヒトラー総統の要請によれば、ドイツ陸軍と連動するかたちで、スエズ運河の一時的な破壊を行なうことになっている。

もし本当にそれを実行するとなると、最低でも第一空母艦隊を紅海の途中まで進出させねばならん。具体的には、半島西部にあるジェッタ沖あたりだ。

ここは西にエジプト国境があるから、最悪の場合、エジプト南部にいる英軍の陸上航空隊に攻撃される。

第一空母艦隊と一緒に八島艦隊も紅海に入れば問題ないのだが……じつは、ここに大問題が発生するのだ」

八島が護衛すれば、敵の陸上航空隊など怖くない。

しかし、八島には重大な欠点がある。

それは喫水下が二〇メートルもあることだ。

紅海は、場所によっては驚くほど浅い。そのため八島が紅海に入ると、ほとんど線を引いたような航路しか移動できなくなる場所がある。

そこに機雷などを仕掛けられたら、それこそ一時的に身動きできなくなる。

いくら被害担当艦とはいえ、回避運動すらままならぬままの戦闘を長時間強いられたら、八島といえども疲弊して重大な局面を迎えかねない。

すなわち……。

スエズ運河を破壊するためには、第一空母艦隊が単独で紅海に入り、ジェッダ付近から航空攻撃を仕掛けるしかないのである。

これは、あまりにも危険すぎる。

かといって百武率いる陸軍部隊を、紅海側にあたる半島西岸沿いに北上させることもできない。

なぜなら上陸部隊は、英領ソマリアを制圧したのちは東進し、まずオマーン湾を睨むマスカットの近くまで進撃する。

ただしマスカットの制圧はしない。なぜなら、マスカットと上陸部隊の間には険しい山地が立ちはだかっているからだ。

そこで山地手前の平地で北上に転じ、ペルシャ湾に面するアブダビを目指すことになっている。

その後は、ペルシャ湾沿いを北西に進み、枢軸陣営が支配するイラク方面へのルートを切り開く。

この作戦にはイラクにいるドイツ軍も連動し、アラビア半島中部東岸にあるカタール半島付近で両軍が合流する予定になっている。

まずはドイツ軍との合流。

これは最優先事項だ。

ドイツの技術を入手するための軍事行動なのだから、まずは合流しなければならない。

もし紅海方面に進出するとしたら、最低でもドイツ軍と合同で、アラビア半島の南半分を奪取したのちになるだろう。

それには半年単位の期間が必要であり、その間、ずっと八島艦隊と第一空母艦隊をソマリア沖に張りつけるのは愚策である。

それに……。

ソマリア沖へ八島艦隊が出てくれば、間違いなくマダガスカル島付近にいる英米合同艦隊がやってくる。

この艦隊は英東洋艦隊のなれの果てなのだが、その後に増強され、いまではかなりの戦力になっている。

もし八島艦隊と第一空母艦隊が分離でもしたら、それこそ好機と見て決戦を挑んでくるはずだ。

八島はそれでも負けないだろう。

しかし、洋上で補修できる範囲を越えるダメージを受ければ、セイロンに戻っても修理できるかわからない。最悪、遠路、横須賀まで戻らねばならなくなる。

そうなれば、すべての作戦が瓦解する。

八島は先頭に立って雄々しく戦う一方で、その方面を下支えする中核艦でもあるのだ。

だから、想定している以上の無茶はできないのである。

「そうなりますと……時期が問題になってくるでしょうな。私は陸軍の指揮官なので偉そうなことは言えませんが、ひとつ思うことがあります」

百武が何か言いたそうに言葉を紡いでいる。

それを見た山本は、意を決して言った。

「いまは誰の意見も聞きたいところです。構いませんので、何でもおっしゃってください」

「そう言っていただくと……では。いずれ近いうちに、第二次南遣艦隊と交代するため日本本土から艦隊がやってきますが、そうなると一時的にですが空母部隊を護衛できる艦隊がセイロンに滞在することになります。

その艦隊を空母部隊とともに紅海へ突入させ、電撃的にスエズ運河を破壊する作戦を実施するしか手はないように思います。

これならば、八島艦隊はソマリア沖に居座ることができ、万が一に米英艦隊が攻めてきても八島艦隊が食い止めることが可能ではないでしょうか？」

「いや……奇遇ですな。じつは私も、それしかないと思っておりました。ただ、時期的にすべてがうまく行くかどうかは、まだわかりませんが」

「ならばいっそ、米英艦隊を誘いだして先に叩くのはどうでしょう。我々が上陸作戦を実施するとなれば、米英艦隊もこれを阻止するために出ざるを得ないと思います。

つまり上陸作戦を、そのまま敵艦隊を釣るための餌にするわけです。敵艦隊さえ潰してしまえば、アフリカ東海岸は無防備となり、紅海へ空母艦隊と護衛の艦隊が入っても、背後を脅かす者はいなくなります。

ただ……この場合だと、紅海方面を担当する艦隊は、現在のインド方面艦隊と第二空母艦隊になってしまいますが……」

「うむ、それしかないですな。交代する艦隊を当てにしていては、いつになるかわかりません。

ではGF司令部のほうで、海軍側の作戦を立てることにしましょう。あくまで陸軍の上陸作戦あっての海軍作戦ですので、実施する時期についてては百武さんにお任せすることになりますが」

「自分で言いだしておきながら、まことに申しわけない。可能な限り早く陸軍側の作戦を組み立てることにします。

まあ……この作戦は帝国政府と大本営も大いに乗り気ですので、いざ動きはじめれば速いと思いますよ。あまりヒトラー総統を待たせるのも何ですし」

なにか、すべてがトントン拍子で進んでいる。

こういう時は、思いもしない落とし穴があるものだ。

それを経験から知っている山本は、本当にこれで良いのだろうかと、一抹の不安を感じた。

しかし、すでに作戦は実施されることが決まっている。

あとは実施時期さえ決定すれば、雪崩のごとく動きはじめる。

果たして八島は、その奔流を乗りきることができるだろうか。

それは戦いの神しか知らぬことだった。

## 二

**一〇月八日　ケニア・モンバサ**

英東洋艦隊の残存艦が逃げ込んだのは、ケニアにあるキリンディニ港だ。

キリンディニ港はモンバサ港を構成するひとつであり、英植民地であるケニアで最重要な港となっている。

そして現在……。

キリンディニ港は、英東洋艦隊の臨時母港に指定されている。

現在の英本土は、ドイツが独ソ戦とイタリア方面に傾注している関係で小康状態にある。

とは言っても本土に侵攻されていないというだ

けで、去年の後半から本格的になってきた、V1およびV2ロケット兵器による遠距離攻撃は活発化している。

遥か彼方から飛んでくるロケット兵器では、なかなか対処できない。

それでもV1に関しては速度が遅いため、戦闘機の翼に引っかけて落とすという原始的な方法が有効と判り、かなりの数を阻止することに成功している。

しかし弾道弾であるV2は、通常の手段では防げない。

じつは去年の八月、ペーメミュンデでV2の開発と発射訓練を行なっていたドイツ軍に対し、『ハイドラ作戦』という名の爆撃作戦が計画されていた。

しかし、その頃V1部隊は、ペーネミュンデから内陸部にある複数の飛行場に移動していて、そこから出撃するFW（フォッケウルフ）200コンドルによる投下式V1が実戦配備についたため、まずはV1のほうを優先して叩くという方針に転換された。

いま考えれば、これは英軍の大失策といえよう。

V2は去年の暮れあたりまでは、実験がてらの攻撃といった色合いが強く、ロンドンに対する攻撃もまだまばらだった。対するV1は実戦配備されたため、連日のように飛来するようになっていた。

目の前の脅威に釣られた泥縄式の対処……。

これが今年の春になって、V2の実戦射撃場がポーランド内陸部のハイデラガーに設置された結果、その後のV2猛爆につながったのである。

ともあれ……。

英海軍は、ドイツ軍の英本土上陸を恐れるあまり、北海近辺にしか出てこない。

こうなると遠く離れたインド方面はむろんのこと、英東洋艦隊に対する増援もままならない。

そこでチャーチル首相が合衆国政府に泣きついたのだが、その見返りがいまキリンディニ港に停泊している。

合衆国海軍第4艦隊……。

この艦隊は、今年になって整備される予定だった『序数艦隊（ナンバード・フリート）』のひとつで、主な任務は船団護衛のはずだった。

ところが予想だにしない英東洋艦隊の大敗北により、急遽、去年の段階で編成され、その後は主にメキシコ湾で習熟訓練を行ない、去年の暮れにキリンディニ港へむけて出撃した。

ケニアに到着したあとは、英東洋艦隊の残存艦を再編成した部隊と協調訓練を行ないつつ、なんとかインド洋へ復帰できないか様子を伺っていた。

そして九月後半。

セイロンに、噂の八島艦隊と主力空母機動部隊がやってきたとの情報が舞い込んできた。

世界を震撼させている超巨大戦艦が来た！

これではインド洋復帰どころか、こちらに攻め入られる可能性まで出てくる。

なにしろ八島艦隊は、つい先日までオーストラリア政府を脅しまくり、ルーズベルト大統領やチャーチル首相による懸命の説得にも関わらず、とうとう日豪単独休戦協定を結んでしまったのだ。

まだ単独講和には至っていない。

そう連合国の二大巨頭は弁解した。実際、オーストラリアはまだ連合国から離脱していない。たんに日本軍と休戦することに同意しただけだ。

しかし矢島艦隊によるラジオ放送は、オーストラリアだけでなく、ニュージーランドやフィジー／サモアにも届いている。

山本五十六は日本政府の意向として、明確に

『日豪単独講和を睨んでの休戦』と発言している。

これを無視しての休戦はありえない。

これは連合国だけでなく、ほぼ世界大戦に参加しているすべての国の共通認識になりつつある。

オーストラリアは連合国を見限った！

それも当然だ。

自分の国が危機に瀕しているのに、連合国は何もしてくれなかったのだ。

それどころか英国に至っては、英連邦の一員としてインドへ支援軍を派遣しろとまで言ってきた。

もう、つき合っていられない……。

それがオーストラリア政府と国民の総意であった。

＊

「オーストラリアが裏切ったせいで、インドにおける独立運動も加速しています。このままだと日本軍は、調子にのってアフリカ方面へ手を延ばすかもしれません」

ここはキリンディニ港に隣接する暫定艦隊司令部。

とはいえ、もともとは別用途のビルだったようで、非常に小ぢんまりしている。

長官室と通信室、作戦会議室、事務室だけしかない。

そのため司令部に勤務する者たちは近所に宿泊施設を設け、毎日通勤している。

あくまで英東洋艦隊の艦隊司令部はセイロンのコロンボにある。

その矜持が邪魔して、いつまでたっても『暫定』の二文字が取れないままだった。

狭い長官室にいるのは、英東洋艦隊司令長官のサー・ジェームス・サマヴィル大将。

話している相手は、赴任したばかりの米第4艦隊司令長官——ジョセフ・カーナン少将だ。

サマヴィルは、東洋艦隊敗北の責任をとらされて更迭されたジェフリー・レイトン大将に代わり着任したものの、それ以降、なにも良いことがなかった。

さらに言えばレイトンは、フィリップス大将に一度、東洋艦隊の指揮をゆだねている。その結果がマレー沖海戦における敗北であり、フィリップス自身も戦死するという最悪の結果となった。

フィリップスが戦死したためレイトンが司令長官に返り咲いたことになるが、そのレイトンも大敗したとなれば、もはや東洋艦隊は呪われているとすら思えてくる。

しかも敗北した相手は八島艦隊ではない。

日本の南遣艦隊は戦力的に見て、東洋艦隊を圧倒していたとは言えない。圧倒していたのは空母機動部隊だ。

英海軍は大艦巨砲主義の元祖のようなものであり、空母開発にはあまり積極的ではなかった。その隙を突かれての大敗北だったのだ。

サマヴィルは、そのなれの果ての艦隊を率いている。

半分は自分の責任にせよ、アフリカ東岸にあって、援軍は米第4艦隊のみ。

もっとも、英東洋艦隊はその後、地中海方面から増援を受け、かろうじて艦隊としての威容を取りもどしている。

具体的には戦艦ハウ、巡洋戦艦リナウン、正規空母フューリアス／イラストリアス、重巡ロンドン、軽巡サウザンプトン、駆逐艦四隻だ。

それでも八島艦隊どころか、第二次南遣艦隊にもかなわない。

これをカバーするのが米第4艦隊なのだが、最新鋭のアイオワ級戦艦は一隻も回されず、代わりに太平洋にいたコロラドとニューヨークが喜望峰回りでやってきた。

どちらも太平洋において八島に撃破された低速戦艦の同型艦でしかなく、どうも合衆国海軍は、本気でインド方面を奪還できるとは考えていないようだ。

これは空母にも言える。

派遣されてきた空母は軽空母と護衛空母のみ。

軽空母がベローウッド、護衛空母がサンガモン級のシェナンゴ／サンティーの二隻。

搭載機数は全部あわせても一一三機にしかならない（しかも大型の新型艦上機は載せられず、護衛空母に至っては旧型雷撃機すら無理）。

あとは軽巡がマーブルヘッド／デトロイト、駆逐艦が八隻となっている。

ともかく米英ともに、なんとか間に合わせたといった感が満載の艦隊だった。

サマヴィルの話は続いている。

格下のカーナン少将相手に丁寧語っぽい口振りなのは、たんにサマヴィルがキングス・イングリッシュを使っているだけの話だ。

「そして……アフリカ方面への尖兵となるのは、まず間違いなくヤシマ艦隊でしょう。恫喝と実力行使で、次々と沿岸都市を落としていくやり方は、敵ながらあっぱれとしか言いようがありません。

これに対し、我々は奇襲攻撃しか選択肢がない。増強されたとはいえ、既存艦で固めた日本のインド方面艦隊にすら負ける陣容では、まずまともな作戦運用は無理でしょう」

ここでサマヴィルは言葉を区切り、カーナンを伺うそぶりを見せた。

「私としては、ヤシマ艦隊さえ相手にしなければ、ある程度は戦える陣容になっていると思いますけど……たしかに、正面からぶつかれば被害も甚大になりますので、その後にヤシマ艦隊が出てくれば遁走するしか手がなくなりますね」

　カーナンは、既存艦同士の戦いであれば互角に持ちこめると思っているらしい。

　しかし八島艦隊が出てくれば袋叩きにあう。

　あの猛将ハルゼーですら勝てなかった敵なのだ。これまで航路防衛任務しか経験のないカーナンの敵う相手ではない。

「だからといって、ここに引きこもってばかりでは……」

　そこまでサマヴィルが口にした時。

　長官室の扉がノックもなしに開けられ、通信室長が飛びこんできた。

「今朝未明より、ソコトラ島が猛攻撃を受けているとの第一報が入りました！」

「ついに来たか……」

　話をさえぎられたサマヴィルは、それを咎めることもなく、ため息混じりに呟く。

「ヤシマ艦隊でしょうか？」

　おもわずカーナンが聞きかえしたものの、サマヴィルは返事をしない。

　通信室長の報告には、そのような文言はない。

　もっとも、ソコトラ島にいる守備隊は飛行場を守るためにいるようなもので、東西一三〇キロ、南北四三キロもある島を一個大隊のみで守っている。

　肝心の空軍航空隊も、偵察機はすべて旧型の複葉機だ。

　そのため攻撃を受ける直前まで、日本の艦隊を察知できなかったのだろう。

「通信室長、報告に巨大戦艦はなかったか？」

　ようやくサマヴィルは質問を返した。

「夜明けと同時に、空母艦上機による航空攻撃が始まったそうですので、朝の航空偵察は行なわれておりません。基地司令部の報告では、現在砲撃も受けているとのことですので、そこに該当艦がいる可能性はあるかもしれません」

ようは、何もわからないという返事だ。

「どうしましょう……」

カーナンが遠まわしに出撃の可否を問うてきた。

「敵艦隊の陣容すら判っていないのに、ここで動くわけにはいかん。さらには、敵艦隊が何の目的でソコトラ島を攻撃しているのかも、皆目見当が……いや、二つの選択肢があるな。

ひとつはアラビア半島方面への侵攻を補助する役目、もうひとつは我々を潰すための進撃……このどちらかだろう」

「どちらにせよ、敵の出方を見てからでないと、奇襲攻撃はできませんね」

カーナンは、最初から奇襲攻撃一本に絞っているらしい。

これがスプルーアンスほどの知将であれば、もっと別の選択肢も考え出すかもしれないが、ここにいる二人は常識的な指揮官でしかなかった。

「アデンにいる英陸軍に連絡して、長距離航空索敵を要請せよ。アデンからソコトラ島までは九〇〇キロ強だから、双発機なら往復できるだろう。ともかく仔細な情報が欲しい。それも早急にだ。わかったら、すぐに通信せよ」

通信室長を追い立てるサマヴィル。

そこには、何としても優位に立ちたいと焦る敗軍の将しかいなかった。

三

**一〇月一〇日　アラビア半島・アデン湾**

アラビア半島の南西端にあるアデンの町。

ふたつの火山によって形成された良港に恵まれ、大昔から海上交易の要衝として栄えて来た。

一五世紀、明の鄭和がアフリカ遠征を行なった時にも立ち寄ったというのだから、歴史的に見ても世界有数の港であることがわかる。

そのアデンだが、一九三七年に英国植民地としてインドから分離されたが、さすが英国資本といおうか、ますます港は発展することになった。

地理的には、町のすぐ背後まで砂漠が迫っていることからもわかるように、人が意図的に整備しなければ、すぐにでも荒廃してしまう地でもある。

そこに設置された英空軍アデン航空基地は、紅海からスエズ運河へ通じる海の大動脈の守護者として位置づけられている。

先に攻撃を受けたソコトラ島の航空基地も、組織的にはここの分隊のようなものだった。

「な、なにが起こったんだ！」

アデン基地にある二本の滑走路に、いきなり大爆発が発生した。

同時に、多数の軍用機が並んでいる駐機場にも、手榴弾をばらまいたような小爆発が発生する。

それらの爆音で目を醒まされた基地司令――メイビル・オースチン空軍大佐は、寝ぼけ眼のままベッドの上できょろきょろと周囲を見回すばかり……。

「司令、敵襲です！　当基地は航空攻撃と砲撃を受けています。ただちに退避壕へ避難してください‼」

基地所属の参謀が、血相を変えて司令専用の一戸建家屋に飛びこんできた。

玄関は施錠されていたはずだが、緊急時の手続きで衛兵が開けたのだろう。

「……爆撃？　砲撃？　どっちなんだ？」

ようやく視線が定まりはじめたオースチン。

混乱する頭を振って意識をはっきりさせようとする。

「両方です！　日本海軍の空母艦上機による銃爆撃と、見たこともないほどの大口径艦砲による砲撃を食らっています！　ともかく命中したらイチコロですので、まずは退避壕へ逃げてください‼」

司令が動かなければ、催促しにきた参謀も動けない。

それが判っているだけに、参謀の声が徐々に甲高くなっていく。

「わかった、わかった。すぐに退避する……」

そう言いつつも、シャツはどこだと探すオースチン。

その時。

――ドッ！

――ガッシャーン！

爆発音と同時に、寝室のガラス窓が一斉に吹き飛んだ。

「ああ、もうっ！」

ガラスによる細かな切り傷を受けながらも、参謀は強引にオースチンの腕を掴む。

そのまま寝室の外に連れ出そうとした。

「ま、待て！　足が……裸足じゃ足が切れる！」

寝室の床には、割れたばかりのガラスが散乱している。

そこを裸足で歩かされそうになったオースチンは、慌ててベッドの横にある靴を指さした。

「はやく履いてください！　いまの砲撃の着弾、二〇〇メートル以上も離れてるんですよ！　それでいて、この威力なんです。もうちょっと近ければ、司令専用家屋そのものが吹き飛んでいたところです！」

靴を履いたオースチンは、ずるずるとドアのほうへ引きずられていく。

その目は、無残に破壊された木枠の窓に釘付けされたままだ。

「二〇〇メートル以上離れてるだと⁉　そんな馬鹿な‼」

「事実です！　でも質問は後で。はやく庭にある退避壕へ‼」

基地にある本格的な退避壕まで行く余裕はない。

そこで参謀は、広い庭に作られた司令専用の地下退避壕へ連れていくつもりらしい。

――グォン！

腹に響く重低音が直上を過ぎ去る。

玄関を出たオースチンは、思わず見上げた。

「本当に日本軍機だ……」

間抜けすぎる感想だが、如実にオースチンの気持ちを表わしている。

アデン基地に配属されて以降、ドイツ軍機がやってくるかもしれないとは思っていたが、日本軍機はまったく想定していなかったのだ。

東洋艦隊が敗北しセイロン島が奪取されても、どこか他人事のような気がしていた。

二日前に発生したソコトラ島への攻撃により、日本の艦隊は、当面のあいだソコトラ島に釘付けになると判断していた。それが、そもそもの勘違いの始まりだったのだ。

なんとか退避壕に入ったオースチンは、据えつけられている非常用発電機を起動する従官を見ながら、ぼんやりとした視線のまま椅子に座った。

すぐさま参謀が有線電話をテーブルに持ってくる。

司令専用退避壕だけあって、万が一の時は基地との直通電話で連絡が取れるようになっている。

退避壕そのものもコンクリート製の堅牢なものなので、一トン爆弾の直撃までは耐えられる設計だ。

「誰も出ません……」

懸命に呼び出し用のクランクを回し、受話器を耳に当てている参謀。

だが、直ちに出るはずの基地交換手からの応答がない。

「交換所が破壊されたのか？」

「わかりません。仕方ないので、他の部所に通じている電話を探してみます」

そう言うと参謀は、何個か電話が置いてある地下壕の隅へ歩きはじめた。

その間も、絶え間なく轟音と大振動が襲ってくる。

さすがに基地から二〇〇メートル以上も離れているため、ここが狙われる可能性は小さい。

それでも、近く遠くに鳴りひびく爆発音を聞いているだけで、神経がダメになってしまいそうだ。

「……そっちはタウェラレーダー監視所か？　なんで敵襲に気付かなかったんだ！」

どうやら電話が、町の南にあるタウェラ火山の外輪山に設置された英海軍レーダー基地につながったらしい。

「あ？　ああ……そうか。ならば仕方がないな。わか……あっ！」

話の途中で、参謀の声が驚きの声に変わった。

「どうした？」

——ドーン！

「電話が切れました」

基地への攻撃とは違う、遠くからの爆発音が届いた。

「レーダー監視所もやられたか……」

ようやく頭が回りはじめたオースチンが、初めてまともな事を言った。

「監視所の電源用発電機に使うガソリンが、ちょうど切れていたそうです。そこで朝いちにレーダーを起動させるため、未明に麓の補給所へタンク車を派遣するよう要請を出していた最中だったようです」

「貴様、さっき、仕方がないとか言ってなかったか？　燃料切れでレーダーが稼動不能になったことを言っているのなら、仕方がないでは済まされんぞ⁉」

「昨夜、敵艦隊は当面のあいだソコトラ島に釘付けだろうとおっしゃったのは、司令ご自身ですよ？　レーダー監視所は、昨夜まで連続して南方海上を最大出力で監視し続けていました。その結果のガス欠なんです。だから深夜にもかかわらず、補給所にガソリンの補給を要請したのですから、これを責めるのはちょっと……」

オースチンは、夜が明けてから索敵を徹底するように自分が命じていたことを、すっかり忘れていた。

それを思い出し、苦虫を噛み潰したような表情になる。

「それじゃあ……ガディアの通信所を呼び出せ。おそらく基地通信室は潰されているはずだ。しかしガディアなら、まだ大丈夫かもしれない。もし通信所が電話に出たら、ケニアのキリンディニにいる東洋艦隊を呼び出せ。大至急、支援を要請するんだ。

アデンには沿岸警備用の小艦艇部隊しかいない。

いずれも臨検や海賊退治用だから、本格的な敵艦隊に対しては無力だ。それでも魚雷艇は役に立つかも知れないが、今頃は艦上機の銃撃で穴だらけにされてるだろうな」

「了解しました。試してみます」

基地から切り放された基地司令ほど無意味なものはない。

肝心の基地が機能不全ではなおさらだ。

それでもオースチンは、なんとかしようと悪あがきしている。

だが……。

退避壕の中にいるのは、オースチンと基地参謀、そして衛兵をしていた一等兵が二人だけ。

彼らにやれることは、ほとんどなかった。

＊

「敵さん今頃、慌ててるだろうな」

どことなく楽しげに話す山本五十六。

それを仏頂面の宇垣纏が聞いている。

場所は八島の昼戦艦橋。攻撃を受ける可能性が低いと判断し、ＧＦ司令部は艦内の司令室に入っていない。

「ソコトラ島への攻撃は今日も継続されますので、敵からすれば、なぜ我々がアデン沖にいるのか判らないでしょうね」

「ああ、敵もまさか、インド方面艦隊まで総出で攻めるとは思っていなかっただろうからな」

まず八島艦隊と第一空母艦隊でソコトラ島へ一撃を加え、すぐさまアデンへ移動する。間髪入れず、インド方面艦隊の主隊と第二空母艦隊がソコトラ島沖に移動し、途切れのない攻撃を行なう。

こうすれば、たとえ南から東洋艦隊がやってきても対処できる。そもそもアラビア半島作戦からして、当初はインド方面艦隊のみでの上陸作戦だったんだが……。

黒島亀人が大本営にいらん知恵を授けたせいで、八島艦隊との合同作戦になってしまった。儂としては、そこまで小細工せずとも作戦を完遂できると判断していたんだがな」

山本の口振りだと、黒島亀人が大本営作戦部あたりに通信を送り、作戦の一部が変更されたらしい。

「当初の作戦では、八島艦隊と第一空母艦隊は東洋艦隊を撃破するために出撃し、インド洋艦隊と輸送隊は別作戦として、アラビア半島南部上陸作戦を実施するとなっていました。

私はこれでも大丈夫と思っていたのですが、作戦部では完全に別作戦にすると融通が効かなくなり、万が一イタリア侵攻中の米艦隊や英艦隊が、スエズ運河を使ってこちらに来た場合、対処が難しくなる……そう言われたら、そうなのですが」

珍しく宇垣も山本と同意見らしい。

いや、だからこそ黒島亀人は、わざわざ大本営に進言してまで、作戦部の方針を貫かせたのだろう。

では、実際はどちらが正しいのか？

それは、様々な想定が現実化してみないとわからない。

黒島のプランのほうが臨機応変に対処できそうだが、半面、二兎を追うことになりかねない。その結果、思わぬ被害を受けたら、結果的にその策は失敗だったと烙印を押されることになる。

戦争に正解はない。

あるのは結果論的な勝利だけだ。

だから幾多の指揮官たちは、少しでも結果を好転させようと、確率論的な判断を行なうのである。

「まあ、スエズを越えて敵艦隊がやってきても、この八島がアデン湾に居座っている限り、他の艦隊の被害は最小限に抑えられる。

注意すべき点は、敵の地中海勢とアフリカ勢が同時にやってきて、八島が同時に対処できない場合だ。

その場合、どちらかひとつは、インド方面艦隊で時間稼ぎをしてもらわねばならん。もっとも、こちらには二個空母艦隊がいるから、昼間は余裕で対処できそうだがな」

「米海軍の空母戦力が、どれくらい回復しているか気になるところです……太平洋方面の戦力不足を気にして、西海岸に多数を回していれば良いのですが。

もし大西洋方面に新型空母を多く配備しているとなると、こちらにやってくる可能性がありますからね。もっとも、こちらには八隻の正規空母がいますので、さすがに現時点で八隻の正規空母を新造できているとは思いませんが」

合衆国の大増産計画が、そろそろ実を結び始める。

計画では一九四三年内に、アイオワ級戦艦二隻／エセックス級空母四隻が完成することになっている。すでに一〇月だから、最低でもこれらの三分の二は完成しているはず。

ただし……。

日本側は、これらの正確な数を把握できていない。

米国内に潜伏しているスパイは、日系人抑留に絡めて一網打尽にされているため、とくに東海岸の情報が壊滅的に不足しているのだ。

したがって、実際にどれだけの戦艦や空母が完成しているかは、西海岸に実戦配備された数をもとに推定するしかない。

「戦艦はともかく、空母は正規空母だけを見ていると痛い目にあうぞ。米海軍は、いざとなったら例の護衛空母であろうが第一線に配備してくる。二隻の正規空母の背後に五隻の護衛空母がいれば、艦上機の総数は正規空母四隻ぶんになるからな。

　護衛空母の欠点は、ともかく足が遅いことだ。これは米海軍もとうに承知しているから、ハワイと西海岸での海戦で戦訓を得て、なにか対策を講じているかもしれん。

　いくら八島が不沈艦であろうと、敵を舐めていると痛い目にあう。事実、最新鋭戦艦を体当たりに使用して、我々の作戦を中断させたのだからな」

　ハルゼーが行なった戦艦による体当たりは、現代の海戦においては邪道中の邪道だ。

　費用対効果の点から見ても、とても誉められたものではない。

　だが、八島を相手にして、見事に作戦を中断させた事実はくつがえせない。

　本来なら西海岸を総なめにする予定だったのだから、それを考えると、最新鋭の戦艦一隻でロサンゼルスとサンディエゴを救えたのだから、安い損失だったと言えるかもしれない。

　日本海軍にはできない事を、米海軍はやってくる。

　山本はそれを恐れていた。

「報告です！」

　二人の会話を中断させたのは、艦橋電話所から戻ってきた通信参謀だった。

「なんだ？」

「明日の朝、アデン東部一〇キロ地点の長大な砂浜に対し、インド方面艦隊と輸送部隊による上陸作戦が実施予定となっています。

そこでインド方面艦隊の高須四郎司令長官よりGF司令部へ、八島艦隊の行動予定の確認が入りましたが、いかが返電いたしますか？」

今回の作戦では、いずれの艦隊も無線封止を行なっていない。

ただし暗号通信が解読されないよう、無線通信では具体的な内容を避ける旨の通達が出されている。

そのことを踏まえての、通信参謀の質問だった。

「予定通りと返電してくれ。それだけで良い」

「はっ、了解しました！」

予定では、明日未明に八島艦隊はソコトラ島とアフリカ北東端との間にある海峡まで移動し、そこで警戒態勢に入ることになっている。

第一空母艦隊は、その地点より北東方向へ一八〇キロほど離れた後方に位置し、アデンに対する上陸作戦の支援も可能な態勢に入る。

インド方面艦隊は、アデン沖で砲撃支援。

第二空母艦隊は第一空母艦隊から二五〇キロ東――アデンからだと三〇〇キロ東の海域にあって、第一空母艦隊と連携して周辺警戒にあたることになっている。

全体を見ると、二個空母艦隊が二個水上打撃艦隊と交互に挟まれるかたちになるが、これは万が一にも空母部隊に被害を出さないための策である。

「さて……敵さんは何を仕掛けてくるやら」

土地の利は連合軍側にある。

日本側は遠く離れた異境の地での戦いになるため、どうしても機微に欠ける動きになってしまう。

しかも今回は、上陸作戦を実施しながらの戦いになる可能性が高い。

策としては下策である。

しかし、事がヒトラー総統の要請によって行なうものだから、別々の作戦として実施する余裕がない。

そこを無理して押し通るのが八島艦隊……。

果たして、いかなる結果が待ち構えているのだろうか。

## 四

**一〇日夜　サンフランシスコ**

「ええい！　なんで出撃許可が降りないんだ‼」

今日も長官室に響くハルゼーの怒号。

ここはサンフランシスコの対岸にあるアラメダ海軍基地。

ハワイを失った太平洋艦隊は、いまここに司令部を間借りしている。

八島艦隊によりサンフランシスコが破壊された時は、一時的にロサンゼルスまで逃げた。

あれから九ヵ月……。

ようやく港湾施設や基地の修復が完了し、ここを仮の母港に定めることができたのだ。

「何度言ったら判るんだ？　これは私の一存で決められることじゃないんだ。私とて、いつまでもハワイをあのままにはしておきたくない。だが……キング作戦本部長が、絶対に出撃はダメだと厳命している。これは連合国の意志なんだ！」

ニミッツ長官がこう言い返したのも、これで五度めだ。

ハルゼーはサンフランシスコに新造艦が届くたび、ニミッツのもとへやってきた。

そして開口一番、『これで出撃できるだろう？』と聞いてきた。

それをニミッツが否定すると、今同様に怒り狂うのだ。

「なぜだ！　最新鋭のアイオワ級戦艦二隻にエセックス級正規空母二隻、護衛空母も六隻揃っている。これに重巡二隻、軽巡六隻、駆逐艦も新型が続々と完成している。

サンフランシスコの港湾施設も回復した。これで海戦を行なっても安心して帰ってこれる。ここまで準備が整ったのだから、ハワイ奪還作戦を実施してもいいじゃないか‼」

ハルゼーが言い寄ると、ニミッツは軽く顔を横に振った。

「たしかに……戦術的にはハワイを奪還できるかもしれない。だが戦略的に考えると、たとえハワイを取りもどせても、またあのヤシマ艦隊がやってくれば、簡単に取られてしまう。

そんなシーソーごっこみたいな戦いをくりかえせば、なにも得られぬまま無駄に艦を失うだけだ。

幸いというか、いまヤシマ艦隊は中東にいる。つい先ほど英国経由で入った最新情報では、アラビア半島南端にあるアデンを砲撃しているらしい。

いいか？　いま我々がおとなしくしているから、ヤシマは中東にいるんだ。ここでもし、我々がハワイ奪還作戦を実施したら、ヤシマ艦隊はかならず戻ってくる。

そうなったらハワイだけでなく、ふたたび西海岸を破壊するだろう。そして……君の艦隊は、ふたたび壊滅する。

そのような海軍の軍備増強を台無しにする作戦など、私は許可できない。もし許可する時がくるとすれば、ヤシマ艦隊……いや、戦艦ヤシマを沈めるか、もしくは優位な状況で大ダメージを与えて日本に戻らせることができるようになってからだ」

「そんなことが……」

ハルゼーは、あとの言葉を呑みこんだ。

『そんなことは不可能だ』

これを口にすれば、全面的にニミッツの言い分が正しいと認めることになるからだ。

だがニミッツは、意外にもまったく別の話を口にした。

「ヤシマを倒すため、いま極秘の計画が進行している。それが達成されるのを待つんだ。そう遠くない未来、必ず実現する。だから信じて待て」

「なんだ、そりゃ？」

具体的なことを口にせぬまま、ニミッツは断言している。

さすがにハルゼーも、そのまま信じることはできなかった。

「機密保持のため語ることを禁じられている。ただ……ヤシマ打倒計画は、空と海の二点から実施できるよう、別々のプロジェクトが同時進行している。

このうち空は、すでにメドがたっている。というより、これは新兵器ではないから、たんに調達するための手間の問題だ。

海のほうはまっさらの新兵器だから、開発が完了して実戦に耐えられると判断されるまで待たねばならない。まあ、これもあと半年くらいで何とかなりそうだ。

私から言えるのは、ここまでだ。あとはキング本部長ですら口外を禁じられている。いまやヤシマ問題は、連合国全体の懸念材料になっている。つまり合衆国海軍どころか、連合軍の最高機密なんだ。

このことは、スプルーアンスもすでに了承している。彼は、いま君に言った内容だけで納得してくれたぞ？　だから君も納得してくれ……頼む」

ついにニミッツは懇願しはじめた。

こうなると、部下として承諾せざるを得ない。

もしこれ以上、事を荒だてたら、ニミッツもハルゼーを処罰しなければならなくなる。

そうなると、いずれ行なわれる八島との決戦に参加できなくなるかもしれない。

おそらくスプルーアンスは、そこらあたりまで考えた上で、いまは堪え忍ぶ道を選んだのだろう。

「ううむ……そ、それじゃあ、いまサンフランシスコにある艦を編成するプランと、編成して訓練するプランくらいは、俺たちとスプルーアンスの三人で決めてもいいだろう？

訓練はしすぎて悪いことはない。その計画とやらが何かは知らんが、艦隊編成や訓練を台無しにするような代物じゃないだろう？」

「ああ、ヤシマ打倒計画は、完全に独立した作戦で運用されることになっている。君たちの艦隊には、計画部隊が一撃を加えた後、残敵掃討を行なってもらう。これらが達成されて初めて、米海軍は太平洋方面において一大反攻作戦に着手することになっている」

八島を無力化することが、太平洋方面における反攻作戦の合図となる。

いまニミッツは、たしかにそう言った。

言質を得たハルゼーは、ようやく怒ったブルドック顔を解いたのだった。

＊

一〇日朝、モンバサ沖。

九日に航空索敵を要請した東洋艦隊司令長官のサマヴィル大将だったが、その努力はすぐに報いられることとなった。

『ヤシマ艦隊は、ソコトラ島とアフリカ北東端の中間地点にて停止中。ヤシマ艦隊とは別の艦隊が、アデン沖で砲撃中。

敵の空母艦隊については、敵直掩機に発見され索敵行動を中止したため不明。なおアデンの飛行場は今朝の敵による攻撃で使用不能となったため、今後の航空索敵は不可能となった。

また、アデン近郊に敵の上陸部隊が展開中のため、アデン守備隊司令部は内陸部にあるラヒジュへ撤収し、のちの反撃に備える。よって、撤収完了までの通信連絡は難しくなる。以上』

現地の状況は予想以上に逼迫している。

そう感じたサマヴィルは、作戦会議のため戦艦ハウに来ている米第4艦隊司令官のジョセフ・カーナン少将に質問した。

ちなみに二人がいる場所は、戦艦ハウにある艦内会議室だ。

「地中海に展開している米艦隊からの返答は届いたのですか？」

サマヴィルはカーナンに、『イタリア侵攻作戦の支援を行なっている米大西洋艦隊からの派遣艦隊に、スエズを越えて、こちらに支援部隊を送れないか？』と打診してもらっていた。

まだ返事を聞いていなかったため、いまの問い合わせとなったのだ。

「それに関しては、先方から問い合わせる順番が違うとの返答がありました。イタリア侵攻作戦は英軍主導、米軍は補助となっているため、主導権は英軍にある。

なので、まずは英地中海艦隊へ支援を要請し、それが受け入れられたら米艦隊も支援できるかどうか、英地中海艦隊から要請すべきだ……そうです」

「これだけ切羽詰まっているのに、そんな杓子定規な……いや、ここで米艦隊が独断で行動すれば、怒るのは英地中海艦隊のほうか。

わかった。それなら、ただちに我が軍の地中海艦隊に問い合わせを行なう。昼までには返事をくれるよう強く言うから、そう待たされることはあるまい」

こういう時、大将のサマヴィルは強気で押すことができる。

アデン支援は急を要するが、さりとて無策のまま八島艦隊に挑むわけには行かない。

ここは臥薪嘗胆、午後まで待つ……。

焦燥ばかりが蓄積していく午前が、ゆっくりと過ぎていく。

そして……。

待望の返答は、午後二時過ぎに届いた。

＊

「やはり米艦隊は戦艦や空母を出せないか……」

午後二時過ぎの英地中海艦隊からの返答は、まずまずの内容だった。

英艦隊からは戦艦ヴァリアント／軽巡シリアス／駆逐艦四隻が、米艦隊からは重巡ウイチタ／軽巡モントピーリアとデンバー／駆逐艦六隻が派遣されることになったのだ。

しかしサマヴィルは、米艦隊が戦艦や空母を出さなかったことに落胆する発言をしてしまった。

「それは……ちょっと無理でしょう。米海軍は現在、懸命に海軍の立て直しを実施中です。地中海への派遣艦隊も、大西洋艦隊からなけなしの艦を選んで出したのですから、ここでさらに中東方面へ割く艦はありません。

なのに重巡や軽巡を出してくれたのですから、確実にイタリア方面への支援は細ります。そこまでしてアラビア半島南部への支援をしたということは、上層部もそれなりに事態を危惧している証拠です」

カーナンはそう力説したが、実際はもう少し複雑な事情があった。

今回の要請は、米海軍の上層部――米本土にある大西洋艦隊司令部にまで送られた。

わずか五時間ほどしか経過していないというのにだ。

反対に英地中海艦隊は、即決で戦艦ハウを出すことを決めている。

その上で米地中海艦隊にも派遣要請を出したのだが、米地中海艦隊は単独では判断できないと、至急電により大西洋艦隊司令部へ判断を伺ったのである。

異例の速さで返事が戻ってきた。

それが重巡一／軽巡二／駆逐艦六の派遣だった。

どうやら大西洋艦隊司令部は、相手が八島艦隊と聞いて、最初から甚大な被害が生じる前提での艦隊派遣を行なうつもりらしい。

しかし英地中海艦隊への建前から、ある程度は戦力になる艦を送らねばならない。

いま戦艦や空母を失うわけにはいかない。

護衛空母を送るという線もあるが、大西洋方面では英本土支援のため護衛空母は必要不可欠であり、そこから何隻か回す余裕はない。

そこで最新鋭の軽巡であるクリーブランド級二隻を出すことで、なんとか納得してもらったのである。

「う、うむ……事が決定した以上、ここで文句を言っても仕方がないな。では、地中海方面からの支援部隊がスエズ運河を越えて紅海に入るのに合わせ、我々も北上することにしよう。

時間的にみて、我々と派遣艦隊は、それぞれ独立した作戦運用になる。無線で作戦のやり取りをするなど愚の骨頂だからな。だから合わせるのは攻撃開始時間だけだ。

ともかく我々は八島艦隊を何とかするしかない。派遣艦隊は上陸支援をしている敵艦隊の側面から突っこみ、継続的な上陸支援を中止に追いこむことになる。

いずれも成功する可能性は低い。とくにヤシマ艦隊に対しては、正直言ってどうしたら勝てるのか見当もつかん。

また我々が壊滅したら、それこそ本当に東洋艦隊の消滅に繋がる。アフリカ東岸から喜望峰に至るまで、完全に無防備になる。それだけは避けたい。

よって我々は、まず第一に生き残ることを最優先とし、その範囲内でヤシマに挑むことにする。この条件は米第4艦隊にも当てはまるから、心して作戦を運用してほしい」

戦う前から、なんとも弱腰の発言だ。

しかしサマヴィルは、以前に八島と戦ったことはない。

その彼がここまで恐れるのだから、同じく戦ったことのないカーナンとしては耳を傾けざるを得ない。

「了解しました。第4艦隊に対し、しっかり厳命しておきます。それで……出撃予定は、いつ頃になるとお考えでしょうか？」

すでに準備を整えモンバサ沖にいるのだから、いつでも出撃できる状態にある。

なのに質問したのは、最終的な出撃命令をくだす権限がサマヴィルにあるからだ。

「現在地点からヤシマ艦隊のいる海域まで、おおよそ二三〇〇キロだ。この距離だと、艦隊全速でむかっても三日ちょっとかかる。なにしろこちらには、鈍速の護衛空母がいるからな」

「それにつきましては、護衛空母シェナンゴ／サンティーの二隻を分離し、足の速い艦のみで北上するプランがあります。

　ただし、護衛空母が支援可能な海域へ到着するまでは、英空母二隻と米軽空母一隻しか航空戦力がなくなってしまいますが……」

　カーナンの提案でいけば、護衛空母を除く艦隊最高速度は、戦艦ハウの二三ノットとなる。

　二三ノットで二三〇〇キロを踏破するには二日弱が必要だから、護衛空母ありと比べると約一日の短縮となる。

　むろん、全行程を艦隊全速で進むのは無理だ。常識的にいけば、どれだけ急いでも二〇ノット前後でないと燃料が危うくなる。

　それでも護衛空母の最大一八ノットより速い。

「イタリア南方沖からスエズ運河の入口となるポート・サイドまで一六〇〇キロ弱。運河自体の長さは一六〇キロだが、運河南端のスエズから紅海出口まで二三〇〇キロ。単純計算で四〇〇〇キロ強の長旅になる。

　派遣艦隊にいる戦艦ヴァリアントの最大速度は二四ノットだから、おおよそ三日半かかる計算だ。これも机上の空論だから、実際には二〇ノットとして四日半だ。

　これにスエズ運河を渡るのに一日が必要だから、今日に出撃しても最短で紅海出口に到達できるのは、おおよそ六日後となる。

　となれば我々は、先方に合わせるしかあるまい？　ともかくヤシマ艦隊に感付かれない距離まで行き、そこからは派遣艦隊の進捗状況を待つことになる。これで良いかな？」

　二人で決められるのは、これくらいしかない。まず日程を決めて、そこからそれぞれの艦隊の作戦行動を煮詰める。

　細かい作戦を決めるのは参謀部の仕事だから、二人は日程だけを各艦隊に持ち帰り、あとは参謀部に任せることになる。

　なんとも悠長なことだが、艦隊の行動はおおむねそんなものだ。

　そして……。

　英地中海艦隊から派遣艦隊が出撃したとの連絡を受けたのは、丸一日を経過した一一日正午前だった。

　となると派遣艦隊の現地到着予定は、六日後の一七日午後となる。

　おそらく紅海出口に達したら、そのまま戦闘状態に入るはず。

　となるとサマヴィルたちも、一七日午後には、最低でも航空攻撃が可能な海域――八島のいる場所から南方へ五〇〇キロ以内に到達していなければならない。

　すべてが、この計算の上で動きはじめるのだ。

　八島艦隊とインド方面艦隊は、セイロン島からやってくる陸軍の増援部隊を待ちつつ、引き続き上陸作戦を支援することになっている。

　その間、多少の移動はあるかもしれないが、連合軍の艦隊を警戒するためもあり、あまり遠くには行けない事情がある。

　つまり……。

　両陣営の艦隊は、激突する運命にある！

　それは刻一刻と迫っていた。

# 第四章　アラビア半島南東沖海戦

## 一

**一九四三年一〇月一七日　アラビア半島南東沖**

一七日午前六時……。

アデン湾西方沖で長距離航空索敵中の第二空母艦隊が、紅海を南下中の英米合同艦隊を発見した。

その時点での彼我の距離は六二六キロ。

位置的にはダフラク諸島とフラサン島に挟まれた海峡となる。

発見した敵艦隊は戦艦一／重巡一／軽巡三、駆逐艦一〇。空母はいない。

どのみちこの距離では、英米の艦上機では攻撃不可能だ。

半面、第二空母艦隊の艦上機は、すべて新型に更新されている。零戦四三型／空冷彗星／天山艦攻の航続距離なら、余裕で往復できる。

発見時、第二空母艦隊は、アデン北東部にある敵の陸軍拠点を攻撃するため出撃準備中だった。

そこでただちに、対艦攻撃用の爆雷装に切りかえる準備に取りかかった……。

＊

午前六時二四分。

突如、戦艦八島の昼戦艦橋に、艦橋スピーカーによる放送が流れた。

『こちら電探室の航空電探班。本艦位置より南方八四キロ地点に敵航空機集団を発見。現在、時速四〇〇キロ前後で北上中！』

あと九分ほどで八島上空に到達する。

「各艦、対空戦闘用意！　八島直掩機は直掩態勢二号にて戦闘行動に移れ！」

山本五十六の命令が響く。

八島艦隊は山本直率のため、迅速な長官命令を出せる。

すぐに戦闘参謀が中継し、通信室や発光／手旗信号所へ伝達されていく。

命令を終えた山本に、すばやく宇垣が助言する。

「GF司令部と参謀部は、ただちに司令室へ移動してください」

可否の判断は長官が行なうため、宇垣の発言はあくまで助言や進言となる。

しかし口調はほとんど強制に近い懇願だった。

「承知した。実行してくれ」

山本の命令を受け、宇垣が大声で発令する。

「GF司令部および参謀部は、ただちに司令室へ。以後、艦橋は八島艦長にゆだねる！」

宇垣の発令と同時に、流れる小川のように、整然と人の群れが艦橋エレベーター方向へと移動していく。

これは幾度も訓練した行動のため、全員がほとんど意識せずに行なえる。

エレベーターから溢れた者も、すぐに艦橋内階段を走り降り始めた。

「……長官。飛来中の敵機が艦上機集団だった場合、南方海域に敵空母がいることになります。その場合、後方にいる第一空母艦隊だけでなく、アデン湾西方沖にいる第二空母艦隊にも航空支援を要請すべきかと。

先ほど第二空母艦隊から届いた紅海の敵艦隊ですが、あちらには空母がいません。規模も戦艦一隻と小規模ですので、おそらく我々の南方海域にいる敵艦隊を補佐するために出てきたものと考えています。

なので第二空母艦隊の航空攻撃隊を紅海の敵艦隊に向けるのは、まんまと敵の策に乗るようなものです。

主力は南方海域。これを確認した上で、もし事実であれば、第二空母艦隊に対し第一空母艦隊の位置まで移動しつつ、航空支援が可能な地点に到達したら、ただちに支援を開始するよう命令すべきです」

宇垣の進言には、『たられば』が混っている。

『敵機が艦上機集団ならば？』だ。

それを確認しないことには、進言のすべてが空論と化す。

エレベーター内で立って聞いている山本も、そこは承知している。

「あと数分で敵機が来るから、判断は敵機を確認してからにしよう。司令室に到着した頃には判明しているだろう？」

「はい。到着したら、ただちに確認させます」

そうこう言っているうちに、早くもエレベーターは、艦内絶対防御区画内にある司令室後部へ到着する。

小さなエレベーターホールの前には、分厚いコンクリート製の壁と鋼鉄製のハッチがある。

ハッチを開けると、そこはもう司令室の中だ。

山本が司令室に備えられている長官席に座ると同時に、司令室の電話所にある電話が一斉に鳴りはじめた。

その中のひとつ――艦橋上部対空監視所からの直通電話に司令室付き武官が飛びつく。

受話器に耳を当てると、すぐに大声で報告した。

「敵機が前方一〇〇〇に到達！　白鳳直掩隊が前

方に出て交戦中‼」

　報告が終ると、別の電話に出ていた者が叫ぶ。

「通信室、近距離無線電話班より報告。白鳳直掩隊が敵機を確認。英軍機は新型の艦戦だそうです！　米軍機は既存のＦ４Ｆ！　英海軍機は、以前に確認されたブラックバーンやフェアリー・フルマーではなく、機影からスピットファイアの艦上機改造型と思われる。以上！」

「敵も新型機を出してきたか」

　報告を聞いた山本が、やや表情を引き締めながら呟いた。

　この時点では、まだ日本軍は連合軍の新型機についての情報を得ていない。

　つまり、まっさらの初お目見えだ。

　そのためＦ４Ｆは判別できても、英海軍の新型艦戦が何かまでは判らない。

　実際のところは、飛んできたのは報告通りのスピットファイア改造機――スーパーマリン・シーファイアであった。

　スーパーマリン・シーファイアの最高速は五八五キロ。

　武装は二〇ミリ二挺に七・七ミリ四挺と、零戦四三型をしのいでいる。

　欠点は航続距離が七五〇キロと短いことくらいだ。

　いざ接敵すれば、なかなか手ごわい相手となるだろう。

「第二空母艦隊に至急命令。紅海の敵はインド方面艦隊に任せ、第一空母艦隊の位置へ移動しつつ、八島艦隊への支援を実施せよ。以上、送れ」

　山本は、先ほど宇垣が助言した内容を、ほぼそのまま命令した。

　命令はすぐに通信室へ送られ、そのまま第二空母艦隊へ伝達される。

「南の敵艦隊の位置は、まだわからんのか？」

山本が新たな質問を口にした時、八島周辺に着弾音が鳴りはじめる。

だが司令室に伝わってくる音や振動からは、重大な被害を受けているようには感じられなかった。

しばしの間があって。

通信参謀が電話から戻ってきた。

「夜明けと同時に行なった航空索敵では、敵艦隊を捕捉できていません」

「航空参謀。索敵範囲はどうなっていた？」

「ソマリア沖から南方九〇度の範囲内に一二線の索敵線を延ばしました」

南に敵艦隊がいるなら、どれかに引っかかりそうなものだ。

なのに捉えていない……。

しばし沈黙した山本は航空参謀に質問した。

「……となると敵艦隊は、予想より東側にいることになる。第一航空艦隊に連絡して、ソコトラ島南方から東へ九〇度の範囲で索敵を実施するよう命令を出せ。八島艦隊は交戦中のため索敵できんからな。

もし敵艦隊を発見したら、最優先で航空攻撃隊を出すよう厳命する。その時点で八島支援の要請は撤回する。まずは敵空母を潰せ、これを確実に伝えよ」

敵も殺られないため必死に考えている。

その結果が、こちらの想定している範囲外への艦隊移動だった。

時間的にかなり無駄な迂回航路を選択し、大きくインド洋方向へ回りこんだらしい。

今のところは山本の憶測にすぎないが、西と南にいないのであれば、残りは東のみだから、ほとんど確実に近い憶測である。

「艦戦は英軍機のみ新型のようだが、艦爆や艦攻はどうかな？　北米西海岸を攻撃したさい、米軍は陸上攻撃機に大型爆弾を搭載してきた。

それによる被害は無視できないほどで、敵戦艦の突入と合わさり、我々は作戦を中断してハワイへ戻らざるを得なくなった。

それらの戦訓を、すでに連合軍は共有しているはずだ。その上で今回の作戦を練ってきたはずだから、以前と同じような攻撃ではないはずだが……」

山本の口調が疑問形なのは、理屈では敵の攻撃が増強されていると考えるべきだが、実際には違うかもしれないと思っているからだ。

なにしろ今回の戦闘は、八島艦隊がオーストラリアから急遽セイロンへ移動し、さらには間を置かずアラビア半島南方海上まで進出した結果起こっている。

つまり敵艦隊が準備万端整えて出撃してきたのではなく、こちらの行動に刺激されて出撃しただけだ。

そのため準備不足になった可能性は大いにある。

いま八島は航空攻撃を受けている。

英軍機が新型になったのは、八島が来たからではなく、戦争の進展に従い以前から軍備強化が計られていた結果だろう。

英海軍の艦上機は、ヨーロッパでの戦いであれば妥当なものだが、日本海軍を相手にするとなると話は違ってくる。

米海軍の艦上機ですら手玉に取られるのだから、一刻も早く最新鋭機に代替わりしないと、いたずらに艦上機とパイロットを失うだけだ。

そこで背に腹は代えられず、精鋭陸軍機の艦上機転換という荒業を実行したらしい。

米軍機が代替わりしていないのは不思議だが、もしかすると新型艦上機の大型化により、軽空母や護衛空母には新型機が載せられないといった事情があるのかもしれない。

　これらはすでに、北米西海岸での戦いでも見られたものだ。

　すなわち……。

　いま対峙している敵空母には、米海軍の正規空母がいない。

　ここまで状況から読み取れるのである。

「敵航空隊は八島だけでなく、水雷戦隊の軽巡や駆逐艦にも攻撃を加えているそうです！」

　洋上監視所担当の武官が、やや焦った声で報告してきた。

「これは……多少の被害は覚悟しなければいけませんね」

　久しぶりに、山本の背後にいる黒島亀人が囁いた。

「うむ。できうるなら八島に攻撃を集中させたいが、敵も八島がタフなのを知っているから、沈めやすい相手に攻撃目標を変更したのかもしれない」

　黒島の進言は、想定している中では最悪のパターンだ。

　八島は洋上でもある程度は補修可能だが、従来設計で作られた駆逐艦は、被害を受けるとドックや船台のある港まで戻らなければならない。

　幸いにも、第一／第三水雷戦隊の旗艦として新たに配属された軽巡『高津／太田』は、八島型設計を取り入れた戦時急造軽巡だ。

　そのため、第一空母艦隊の位置まで下がっている特殊工作輸送艦『伊豆／房総』の支援により、洋上でもかなりの補修が可能である（ちなみに直掩空母『鳳翔／龍驤』も第一空母艦隊の位置まで下がって直掩機を出している）。

「もし駆逐艦に被害が出た場合は、おそらくトリンコマリーかコロンボにある旧英海軍製のドックと船台を利用することになるはずです。その時、補充艦がないと我々の作戦予定が狂いますので、前倒しで日本本土へ増援艦を送るようGF司令部として要請すべきでしょう。本土ではすでに八島型設計の『楡型駆逐艦』と『天型汎用駆逐艦』が就役していますので、水雷隊として習熟訓練の終了した隊を丸ごと派遣してもらえば、いまいる隊と交代できます」

　楡型駆逐艦は戦時急造艦のため、民間造船所でも建艦が可能になっている。

　しかも日本や台湾各地にある建設会社で基本となるブロック構造を作成し、それを民間造船所に曳航したのち溶接とボルト結合で組み立てるだけだから、工期は艤装まで入れて二ヵ月、費用は既存艦の四分の一、鋼材使用率も三〇パーセントで済んでいる。

　まさに画期的な艦なのだが、戦時中のためすべてが機密指定されていて、いまだに国外に知られてはいない……。

「そうだな。宇垣、いまのを聞いていたか？　貴様も同意するなら、戦闘終了後、ただちにセイロン経由で日本本土へ要請を出してくれ。もし被害が軽微で駆逐艦の交代が必要ないとしても、隊単位で新造艦と交代するのは悪い選択肢ではないからな」

「同意します。戦闘終了後、ただちに連絡させましょう」

　今回の宇垣の声には嫌々感がない。

　珍しく黒島亀人の提言を全面的に認めている口調だった。

「第二上甲板天井のコンクリート壁に数本のヒビが発生しています。補修隊が調べたところ、内部にある鋼筋は寸断していないため、速乾セメントの充填だけで補修可能だそうですが、用心のため甲種重層板を一枚多く張りつけて補修するそうです」

「八島、第一砲塔前方の絶対防御区画外に、二五〇キロ級の徹甲爆弾が複数命中！　中甲板の甲種重層板が粉砕被害を受けている模様！」

被害報告が舞い込みはじめた。

「第一集合煙突後部の第三上甲板に命中弾！　一二センチ両用砲座一基が破壊されました！」

「右舷後部に航空魚雷一、命中！　現在、被害調査中!!」

いずれも過去に受けた被害と同程度だ。

そのため修理の予測もつく。

だが……。

「第三水雷戦隊の駆逐艦に雷撃命中！」

「ただちに被害を調査し報告させせよ」

すかさず山本の命令が飛ぶ。


航空魚雷とはいえ、相手が駆逐艦だと致命傷になりかねない。

その場合、総員退艦などは艦長の専任事項だが、GF司令部としても知っておかねばならなかった。

五分ほどして……。

「第三水雷戦隊の駆逐艦『高波』、後部大破の模様！　推進力を失ったようですが、沈没の恐れは小さいそうです！」

「なるべく持ちこたえさせろ。敵襲の終了後に対処法を伝える」

山本の命令に宇垣が反応する。

「自沈処理させるのですか？」

「いや……難しいところだが、可能なら曳航してセイロン島まで戻してやりたい。新造艦と交代させるにしても、駆逐艦は一隻でも多く残したい。

いずれ、いかなる艦隊であろうと、軽巡と駆逐艦による対潜哨戒隊や水雷隊の随伴があたり前になる時代がくる。

その時に駆逐艦が足りるよう、いまから配慮しておかねばな。もっとも、その前に戦争が終われば、それが一番良いんだが……」

対潜哨戒隊や水雷隊を必要とするのは、まず第一に空母部隊だ。

第二に高速巡洋部隊。

鈍速な戦艦部隊には、極端な言い方だが護衛駆逐艦でも間に合う。

むろん、優先する部隊には新鋭の八島型設計艦をあてがい、優先順位の低い部隊には既存艦があてがわれる時代が来るだろう。

八島の戦いは、山本にそんな夢想すらさせるほどになっていた。

それが単なる夢想に終わるか、それとも現実のものとなるか……。

これもまた、八島の奮戦に掛かっていた。

## 二

**一〇月一七日朝　アラビア半島南東沖**

午前九時六分。

戦艦八島から発艦した長距離水上偵察機——川西二式水偵『紫雲改（しうんかい）』が、南東四八〇キロに潜む敵艦隊を発見した。

紫雲改は最新鋭の水偵で、八島が横須賀のドックを出るのに合わせて実戦配備されている。

最大の特徴は航続距離の長さで、じつに三四〇〇キロ！

片道一七〇〇キロもの索敵線を形成できるのだから、それまで搭載していた愛知零式水偵より七〇〇キロも遠くまで飛べることになる。

今回はたまたま四八〇キロの距離で発見したが、

それは八島艦隊が突出していたせいにすぎない。

　事実、八島艦隊の後方四〇〇キロにいる第一空母艦隊は彼我の距離八八〇キロと遠く、まだ発見には至っていなかった。

　そして、この距離が大問題となった。

　なんと第一空母艦隊の位置からだと、敵艦隊までギリギリで航空攻撃隊が届かないのだ。

　零戦四三型の航続距離は片道一〇五〇キロだから充分に届く。

　しかし空冷彗星艦爆は七六〇キロ、天山は七五〇キロのため届かない。

　なのに敵艦隊の空母が八島へ航空隊を送り出せたのは、八島との距離が四八〇キロと近かったせいだ。

　ただし新型の英艦戦スーパーマリン・シーファイアは、通常だと七五〇キロしか飛べない。片道だと三七五キロのため届かない計算になる。これは英海軍でも、以前から足りないと問題視されていた点だ。

　北海や英本土近海なら、それでも役に立つ。

　しかし地中海やインド洋で空母が作戦を実施するには圧倒的に足りない。そこで急遽、胴体下と両翼に増槽を追加できる仕様にしたのだ。

　胴体下の大型増槽一個だと片道四五〇キロ。

　今回はこれでも足りないため、両翼下に二個の増槽を追加して最大五二〇キロまで延ばしている。

　この処置がなければ、そもそも今回の航空攻撃はできなかったのである。

　他の艦上機――艦爆はブラックバーン・スクアで片道六〇〇キロ、雷撃機はフェアリー・バラクーダで片道五五〇キロと条件を満たしている。

　米空母は軽空母と護衛空母のため、全機がＦ４Ｆの六〇〇キロ／ドーントレスの八九〇キロで統一されているため、すべて航続範囲内だった。

むろん日本側も、米艦上機の性能は把握している。

しかし英艦上機に関しては、機種更新が行なわれているため情報がない。

対する米英側は、ポートモレスビーやニューカレドニアにおける戦闘で、日本の新型艦上機の性能をある程度把握できている。

この差が、今回の奇襲成功につながったのである。

＊

「第二空母艦隊はまだしも、第一空母艦隊でさえ届かんだと⁉」

久しぶりに山本五十六の声が荒ぶっている。

航空攻撃を受けた直後に長距離索敵を実施したところ、予想通り南東四八〇キロに敵艦隊を発見した。

仔細情報では正規空母二／軽空母三（実際は軽空母一／護衛空母二）を含んでいるとのことなので、敵の空母を一網打尽にする絶好の機会と判断したのだ。

なのに……。

第一空母艦隊へ出撃要請したら、航続範囲外だと断られてしまったのである。

「はい、届きません。これから第一空母部隊を南東方向へ前進させても、日没までに捕らえるのは難しいでしょう」

宇垣参謀長は、さも当然といった感じだった。

「いや、それはないと思うぞ。なぜなら敵は、紅海出口に向かって突進している別部隊と連動して作戦行動を取っているはずだからな。

もしここで南東の敵艦隊が逃げたら、規模の小さい紅海の敵艦隊は袋叩きにあってしまう。しかも紅海のほうは空母がおらん。これでは沈めて下さいと言っているようなものだ」

「紅海側の艦隊が陽動なのは私も認めます。ただし、航空攻撃を行なうための囮と私は見ています。もしそうであれば、先ほどの航空攻撃で役目は果たしたことになりますので、そろそろ紅海の北方向へ撤収するのではないでしょうか？」

もともと敵は、八島に航空攻撃で一撃加えることのみを目的にしていたのでは？

宇垣の意見を纏めるとそうなる。

これはありうることなので、山本も少し考え込んだ。

「参謀長、敵航空隊の被害はどうなってます？」

山本の背後から黒島亀人が質問した。

「暫定だが……敵の艦戦八機、艦爆一二機、艦攻四機を撃墜したとなっている。味方の被害は八島直掩隊が三機、鳳翔／龍驤直掩隊が四機、白鳳直掩隊が六機だ」

「白鳳は新参のため、やはり被害が大きいようですね。でも敵の被害はさらに大きい。それでも正規空母二隻と軽空母三隻ですので、第二次攻撃を実施できる戦力を保っています。

となれば敵艦隊は、このまま逃げるのではなく、こちらの出方を見てから第二次攻撃を行なうかどうか決めると思います」

黒島の意見も可能性としては充分ある。

宇垣も思案したあと、自分の考えを述べた。

「敵の空母部隊が八島艦隊の出方を見るというのは当然でしょう。そうなると、紅海の艦隊が撤収するとしても、そう遠くへは行かないはずです」

二人の会話を聞いた山本が、迷いつつも結論らしきものを口にする。

「ふむ……我々がさらに進むと、どうしても単独突出となる。それを敵は待っているのかもしれぬ。

航空攻撃で八島を叩くのが、現状ではもっとも被害が少ないからな。

かといって、追いかけない場合も結果はあまり変わらないはずだ。敵が八島をアウトレンジで攻撃できれば、策としては成りたつ。

となると……取れる手は、まず第一空母艦隊を八島の近くに呼び寄せて、敵空母航空隊が来たら、即座にこちらも航空攻撃が可能にすることかな？」

第一空母艦隊の攻撃隊を出せるようになるには、現在位置から最低でも二〇〇キロ以上も進ませなければならない。

八島艦隊が移動すれば、そのぶんも加算しなければならない。

そこまで突出すると、第二空母部隊やインド方面艦隊と離れすぎてしまい、相互に支援できなくなる……。

そこまでして、敵艦隊を追い求めるべきだろうか？

そう山本は考え、判断に迷って質問したのである。

質問には、まず宇垣が答えた。

「紅海の敵艦隊には空母がいませんので、第二空母艦隊を、第一空母艦隊の現在位置へ移動させても大丈夫でしょう。

いっそのこと、紅海の敵艦隊はインド方面艦隊に任せるのも手ですが……そうなると一時的に上陸部隊への支援ができなくなります」

「黒島、貴様はどう思う？」

「今後のことを考えると、まず敵空母のいる南東の艦隊を潰すべきです。そのために第二航空艦隊とインド方面艦隊を分離するのは仕方のないことだと判断します。

ただ、八島のさらなる追撃は、第一空母艦隊が接近してくるまで中止すべきです。もし敵が第二次航空攻撃を考えているなら、これ以上、彼我の距離を開けられません。そこらあたりを見定めてから動くべきだと思います」

宇垣と黒島の意見が一致した。

山本としても反対する理由がない。

「よし、それで行こう。これより南東にいる敵艦隊を敵甲艦隊、紅海にいる艦隊を敵乙艦隊と名付ける。第一空母艦隊は八島艦隊の北西一〇〇キロまで接近。その時点で航空索敵を行ない、敵甲艦隊の真意を探る。

もし敵甲艦隊が第二次航空攻撃を仕掛けてきたら、その時は第一空母艦隊の攻撃範囲内に入っているはずだから、こちらも攻撃隊を出して撃滅する。

第二空母艦隊とインド方面艦隊は、上陸部隊の支援を継続しつつ、敵乙艦隊の動向を確実に把握。もし敵乙艦隊が接近してくるようであれば、一時的に上陸部隊の支援を中断し、敵乙艦隊の撃滅に務める。

以上、ただちに実行に移すよう各艦隊へ伝達せよ。なお敵乙艦隊に対する対処は、インド方面艦隊司令長官の高須四郎中将に全面委任する」

山本の決断が下り、宇垣が了承と共に動きはじめる。

黒島は再び、山本後方の影と化した。

＊

「攻撃隊より入電。戦艦ヤシマに相当数の命中弾を与えたが、甚大な被害には繋がっていない模様。これより帰投する。以上です」

戦艦ハウの通信室から伝令がやってきて、航空攻撃の結果を報告した。

それを聞いたサマヴィルは、わずかに落胆した表情を見せた。

「米海軍に聞いた情報通りだな。あのバケモノには、通常の急降下爆撃は通用しない。いくら命中弾を与えても、たかだか五〇〇ポンド程度では、コンクリート片を巻き散らすのがせいぜいだ」

愚痴の相手は、米第4艦隊司令長官のカーナン少将。

立場的にサマヴィルのほうが上のため、黙って聞いている。

ところで……。

こちらの英米艦隊は完全に協調するため、ひとつの艦隊に組みなおされている。

とはいっても、さすがに群（戦隊）単位では別だが。

つまり空母部隊としては、空母フューリアス／イラストリアスが第1空母群。

軽空母ベローウッドと護衛空母シェナンゴ／サンティーが第2空母群。

同様に、戦艦ハウ／巡洋戦艦リナウン／重巡ロンドンで第1打撃群。

軽巡サウザンプトンと巡洋艦HMSドラゴン／バンパイアと駆逐艦七隻で第1警戒群。軽巡マーブルヘッド／デトロイトと駆逐艦八隻で第2警戒群を構成。

それぞれで与えられた任務をこなす。

この形であれば、英米の司令部が戦艦ハウで指揮を一本化することも可能だ。

結果、カーナンは副長官として動くことになった。

「カーナン少将……お互い階級は違うが、私は合同司令部の長としては同格だと思っている。なにか意見はないのか？」

催促されたカーナンは、しかたなく口を開いた。

「もう少しヤシマにダメージを与えられていたら、このまま夜を待って突入する手もあったのですが……報告だと、まだ余力がありそうですね。

ヤシマを叩いた第一次航空攻撃隊は、予定通りにシフル北方の予備滑走路へ移動中です。

敵はまだ、我々の意図に気づいていません。敵の対地支援は、もっぱらアデン周辺に集中していて、今のところアラビア半島の南岸中部へは及んでいません。

シフルに着陸した第一次航空攻撃隊には、明日までに補給と修理を行なう予定になっています。そして明日の早朝、アデン湾にいる敵空母部隊を攻撃します。

我が艦隊も、その予定で動きます。しかもヤシマ艦隊には気取られぬようにです。我々の攻撃目標は、あくまでヤシマ艦隊……そう思わせる作戦ですので、おそらく敵は気付かないと思います」

なんと……。

八島を襲った敵航空隊は母艦へは帰らず、アラビア半島南部にあるシフルの予備滑走路へ着陸するらしい。

八島艦隊の位置からシフルまで三五〇キロ。

余裕で到達できる距離だ。

ただし途中には第一空母艦隊がいる。彼らに気付かれた場合、シフルが夕刻に攻撃を受ける可能性がある。

そのため航空隊には、やや東へ迂回してシフルへ向かうよう厳命してある。

「この作戦を立案したのは合衆国海軍だ。現場の最高指揮官は私だが、作戦は君のほうが詳しい。だから、そこらあたりの細かい部分は任せる。

どのみち我々の真の目標は、まず敵の二個空母部隊を潰すことだ。空母さえいなくなれば、八島を航空隊で叩き続けることができる。まあ、航空隊が疲弊して出れなくなるまでという条件はあるが。

　ともかく、こっちもこれ以上の無理はできない。無理して壊滅した東洋艦隊の轍は、もう二度と踏みたくない。

　可能な限り戦力を温存し、ハルゼー提督がやったように、ヤシマを日本本土まで引きもどすくらいの被害を与えられるまで、地道に痛手を与え続けるしかない」

「その点につきましては私も賛成します。もしチャンスが訪れるとすれば、敵の上陸部隊次第でしょう」

　建設的な意見を述べたカーナンだったが、サマヴィルは浮かぬ表情のままだ。

「そうは言うが……アラビア半島を北東へ向かった敵上陸部隊は、北東にあるオマーン湾に接する山岳地帯を避け、手前の荒野地帯で北へ進路を変えるはずだ。

　おそらくイラクにいるドイツ軍も、同時に南下を開始するはず。そうなるとドイツ軍の自動車化された部隊の足は速いから、英保護領のカタール半島基部あたりか、もしかすると、その先のトルーシャル・オマーン首長国あたりで合流することになるだろう。

　首長国と英国は休戦状況にあるが、日本軍がやってくれれば、トルーシャル・オマーンだけでなく、オマーン帝国復活を賭けて、アラビア半島南岸部全体が枢軸寄りに傾く可能性すらある。

　日本軍とドイツ軍の合流は、そういった意味で重大だ。だから、なんとしても阻止しなければならないのだが……正直いって英陸軍は、中東方面のドイツ軍に対抗するだけで精一杯だ。だからこそ、日本軍の電撃的な上陸作戦を阻止できなかった」

「それでは逆に、スエズ方面からアラビア半島西岸を南下し、敵の背後を突くというのはどうです？」

「それは、とっくに考えた。対岸にあるエチオピアも、英軍がイタリアから解放したのち、去年には独立して連合国の味方になったからな。

　だからこそ地中海からの艦隊は、紅海を安全に南下できたんだ。せっかく手に入れた地の利なのだから、それを生かしたいところだが……できない理由がある。

　それは、地中海に面したアラビア半島北岸を、ドイツ陸軍の中東方面軍が攻め続けているからだ。あの方面のドイツ軍は、いずれエジプトさえも制圧しようと狙っている。

　それだけに精鋭であり、機甲部隊も主力級の部隊を投入している。それと対峙しているのが英中東方面軍なのだ。

　だから英中東方面軍を一部でも南に移動させたら、それこそ背後にドイツ軍がなだれ込んでくる。

　スエズ周辺の英軍は、エジプト防衛のため絶対に動かせない。もしそれが可能になるとすれば、北アフリカのドイツ軍を追い払ったアメリカのパットン軍団が、エジプト入りした後になるだろうな」

　話を聞いていたカーナンが首を横に振った。

「それは当分先になるでしょう。なぜなら今、イタリア方面が危機的状況にあるからです。ドイツ軍の逆侵攻により、イタリアに上陸した連合軍は窮地に陥っています。

　そこでイタリア方面の肩入れとして、北アフリカにいるパットン軍団をイタリアへ送りこむプランが進行中なんです。

　そうなると当面、エジプト方面へは戻ってこれません。必然的にエジプトは英軍単独で守らなければならなくなります。まったく……上陸した日本軍が丸ごと厄介者になりましたね。
予想していなかった戦力が突如としてアラビア半島南部に出現したのですから、それを誘導したヒトラー総統の作戦勝ちといったところでしょうか」

どことなく他人ごとのカーナンを見て、サマヴィルは苛立ちはじめた。

「陸軍は劣勢だが、それをなんとかするために我々海軍がいる。だとすれば、逃げるだけではダメだ。そうだな。貴官のいう通り、日本の上陸部隊が内陸部へ転進した時が仕掛け時かもしれん。いくらヤシマでも、内陸深くまでは砲撃できん。空母部隊も無尽蔵に爆弾を搭載しているわけではない。となれば上陸部隊が北転するとともに、ヤシマ部隊はインド方面へ去る可能性もある。

いつまでも太平洋を留守にしていると、それこそ貴国の太平洋艦隊がハワイ奪還に動きかねんからな。

八島艦隊が日本に戻れば、この海域に残る敵は一個空母艦隊と一個打撃艦隊だけになるはずだ。これなら、我々が紅海にいる支援部隊と合流できれば、対等に戦える戦力になる」

さすが英国人と言おうか……。

いささか気の長い話になっている。

それに気づいたカーナンは、慌てて話を戻した。

「長期的にはそれがベストでしょうが、まずは目の前の難題を片付けましょう。作戦では、今日の日没までは東方向へ退避し、八島の追撃と敵の航空隊による攻撃を回避します。そして、その後は……」

「それ以上は言わなくても判っている。ともかく、勝負は明日の朝だ。反対に、今日の日没までに、我々が敵航空隊に襲われたら我々の負けだ」

「いえ……たとえ今日の夕方に敵航空隊に襲われ

て、こちらの空母が全滅しても、第一次攻撃隊だけは残りますので、その時点で負けが確定するわけではありません。

ただ、勝ちはなくなりますけど。ともかく……我々にはそれしか方法がはないんですから、やるしかありません！」

カーナンは自分たちの策に、かなり自信がありそうだ。

もとよりサマヴィルもこれしかないと考えていたから、今後の方針は決定したも同然だった。

「では、可能な限り敵艦隊と距離を置きつつ、明日の朝に備えるとしよう。全体的な敵艦隊の動向は、紅海にいる支援部隊からの索敵報告を待つしかないな」

これで、なんとかなるか？

ふと自問したサマヴィルだったが、そこで考えるのをやめた。

どのみち他に方法はない。考えるだけ無駄と思った。

## 三

**一〇月一八日未明　アラビア半島南東沖**

「夕刻の航空攻撃はなかったな」

山本は誰もが知っていることを、あえて口にした。

なぜなら、誰もが夕刻の敵襲は避けられないと考えていたからだ。

昨日は夜になってから、宇垣と交代で睡眠を取った。

山本は午前零時に八島の夜戦艦橋に上がったものの、そこに平然と居座っている宇垣を見つけ、かなり怒った顔で強制的に睡眠を取るよう命じたのである。

そして現在、午前四時三〇分。

先ほど宇垣も起きてきた。たかだか四時間ほどの睡眠だが、目の下を黒く染めていたクマは消えている。これなら支障なく朝を迎えられるはずだ。

ただし懸念もある。

夕刻の航空索敵で敵甲艦隊を見つけられなかったのだ。

近くの海域へ引き寄せた第一空母艦隊は、敵甲艦隊を発見した場合に航空攻撃隊をくり出す予定になっていた。そこで索敵は八島艦隊が担当したのだが……。

八島艦隊が一度に出せる索敵機は少ない。

八島から五機の長距離水偵、水雷戦隊の軽巡二隻から水偵二機。合計で七機だ。

このうち軽巡の水偵は航続半径が最大で六〇〇キロしかない。そのため、それ以上の海域を索敵できるのは五機の長距離水偵のみとなる。

日没ぎりぎりまで、真南から真東の範囲――九〇度の索敵を実行した。

索敵線の間隔が離れているため、索敵範囲内であっても見逃してしまう可能性がある。

それでも精一杯、皆は頑張った。

その結果の未発見なのだから、誰の失態でもない。

「こちらの位置はあまり変わっていませんし、昨日の午後二時には敵の水上機がやってきましたので、その後に敵艦隊は全速で離れたのでしょう。

同じ頃、第一空母艦隊も発見されています。その時の第一空母艦隊との距離が攻撃半径のすぐ外だったため、攻撃を受けるのを嫌がって退避したのだと思います」

起きたばかりなのに、宇垣は眠い顔ひとつしない。

いつもより上機嫌そうですらある。

その理由は、天敵とも言える黒島亀人が自室に戻っているからではないか？

そう山本は邪推した。

「そのまま逃げる可能性もあるな」

敵が退避しはじめた時刻は、時系列からみて昨日の午後二時。

それから一四時間以上が経過しているのだから、敵甲艦隊の観測された移動速度――時速一六ノットだと四二〇キロほど移動しているはず。

問題は、夜のあいだに遠ざかったのか接近したのかが判っていないことだ。

自滅覚悟で八島艦隊に夜戦を挑むつもりなら、まもなく八島の水上レーダーに捕らえられる距離になる。

ただし、その可能性は小さい……そう山本は判断していた。

ただでさえ八島艦隊に挑むのは、文字通り蟷螂(とうろう)の斧そのものだ。

しかも、これから夜明けを迎える。ボロボロになった状況で朝になれば、待ち構えていたように第一空母艦隊の航空攻撃を受けてしまう。

最悪の場合、全艦喪失もありえるのだ。

そのような愚策を、何度も敗北を味わった英東洋艦隊が行なうとは思えなかった。

「敵が逃げた場合は仕切りなおしですね。敵もこれ以上の被害を受けたくないでしょう。せっかく東洋艦隊を復活させたのですから、ここで再び壊滅したら立ち直れません。

今回は、戦果はともかく八島への航空奇襲を成功させたのですから、東洋艦隊としての大義名分は果たせたはずです」

「しかし、いつかは仕掛けてくるはずだ。そうでなければ、この八島を退けることはできんからな」

二人の会話を良く聞いてみると、ほぼ同意見なのがわかる。

そのため会話内容も、細部を煮詰めるような感じになってきた。

「セイロンに東洋艦隊がいない現在、連合軍の最前線はケニア沖と紅海出口まで後退しています。このうち紅海出口に関しては、イタリア方面が激戦となっている関係で、いま把握できている敵乙艦隊程度しか増援を送れないと思います。

となると、比較的戦力のあるケニア沖の敵甲艦隊……東洋艦隊と米艦隊が主力にならざるをえません。まあ、主力といっても八島艦隊に対抗できる戦力ではありませんが、敵としては出せる精一杯の戦力でしょう」

戦争というのは難儀なもので、勝てないと判っていても、重要拠点を放棄できない状況がごく普通に発生する。

今回の場合、ケニアのモンバサを放棄すると、アフリカ東海岸とマダガスカル島全域が日本の勢力圏に入ってしまう。

連合軍の次の拠点は、なんとケープタウン。

ケープタウンまでのアフリカ東海岸にも、いちおうは連合軍の拠点がいくつかあるが、海軍艦艇を補修できるようなドックや船台はない。戦力維持の観点からすると、モンバサを手放したらケープタウンまで下がるしか手がないのだ。

アフリカ東海岸には、鉱物／宝石／カカオなどの資源を有するマダガスカル島（チタンの埋蔵量は世界最大だが、まだ発見されていない）がある。

マダガスカル島はフランス領のため、ニューカレドニアと同様、本国からの支援は期待できない。他の連合軍に守ってもらえないと容易に攻め落とされる。

島には良港が多く、日本海軍が拠点の軍港を設置すれば、アフリカ東岸全域に睨みを利かせられる重要拠点になるはずだ。

対岸となるポルトガル領東アフリカ（モザンビーク）は、宗主国のポルトガルが中立となっているため戦火が及んでいない。連合軍も入れないため、ますます日本軍にとっては都合が良い。

その南には英自治領となった南アフリカ連邦がある。

かたちの上では独立しているものの、英連邦として総督が送られているので、実質的には準植民地と言えるだろう。

そして軍事的には、英海軍の南アフリカにおける最大の拠点となるケープタウンがある。

正確にはケープタウンの南二〇キロほどにあるサイモンズ・タウンに英海軍基地があり、ここにある複数のドックや船台は、本国から遠く離れた英艦隊にとっては生命線そのものだ。

だから……。

もし日本軍がケープタウンまで制圧してしまったら、世界最大の産出量を誇る金やプラチナ／ウラン／鉄鉱石／石炭／銅／クロム／マンガン／石綿などが日本に流れることになる。

これらはすべて、日本が喉から手が出るほど欲しい軍事物資だから、日本が入手した途端、第二次世界大戦の行方を左右しかねない。

ただし、ここまで日本が勢力圏を広げるのは、八島艦隊の力をもってしても無謀すぎる。たとえ一時的に制圧できても補給が続かない。

何十年もの期間、インドやマダガスカルを制圧し続けていられるなら、もしかするとかつての大英帝国のように植民地化も可能かもしれない。

だが第二次大戦下の日本にとっては、全国力を投入しても維持できない『辺境の地』なのである。

そこらあたりのことは、山本五十六も重々承知している。

だから、すぐに宇垣に返事をした。

「そもそもアラビア半島南端への上陸作戦ですら、本来なら実施するはずのない作戦だったのだ。それが八島艦隊の勝利とヒトラー総統の甘言のせいで、一時的にせよ実行可能になってしまった。

考えてみれば判るはずだ。いま上陸している部隊が、このままアラビア半島東岸めざして進撃すれば、そのぶん南岸にも増援部隊を送りこまねばならない。

最前線の部隊も疲弊するから、装備や物資も大量に消費される。それらすべてを日本本土から運んでくるのは、たとえセイロンを中継地点にしたとしても、ほとんど限界を越えている。

それでも無理矢理に実行したのは、ドイツの同盟国として最低限の共闘を実現しなければならなかったからだ。

ともかくがむしゃらにドイツ軍と合流する。それさえ達成できれば、あとはドイツ軍に主軸を渡し、日本はアラビア半島沿岸部のみを防衛すればいい。いや、ドイツ軍がスエズ運河を奪取するまでは、ある程度の支援行動は必要だろうな。

アラビア半島の根元をすべてドイツ軍が制圧すれば、自動的に半島南部も安泰となる。そうなれば治安維持部隊に毛の生えた程度の小戦力で地域確保が可能になる。

余った戦力がマダガスカル方面に向かうのか、それとも引きもどして連合軍の太平洋方面に対する反撃に備えるか……それこそ日本本土が決めることだ。

我々は本土が決めた方針に従い、粛々と作戦を実行するのみ。そして八島艦隊は、常に最前線に立ち、戦端を切り開く運命にある。そのために生まれた以上、この運命は逃れられん」

宇垣が東洋艦隊の戦力を持ちだして『具体的な今後』の話をしているのに、山本はあくまで観念的な表現でしか自分たちの立場を語ろうとしない。

それが参謀長と司令長官との違いといえばお終いだが、宇垣から見れば、山本が政治的な立場で戦略を考えるのは、海軍の常識として危ういと考えているようだ。

「ともかく……敵甲艦隊が攻めてこない限り、当面はこの海域を離れるべきではないと思います。この方面の主役は上陸部隊ですから、我々は支援に徹するべきかと。

もちろん敵甲艦隊が仕掛けてくれば、八島艦隊が対処する限り、滅多なことは起こらないはずです。そのうち敵は疲弊し、勝手に後退していくと考えています」

彼我の戦力を考えれば、宇垣の言うことは正しい。

だが、それで終わらないのが戦争というものだ。

じつは……。

二人が夜明けを待っているあいだにも、戦況は刻一刻と変わっているのだった。

＊

同時刻、ソコトラ島東南東一八〇キロ海域。

「第二次攻撃隊、発艦！」

久しぶりにサマヴィル長官の勇ましい声が響き渡った。

未明から出撃準備を完了させていた英米合同の空母群が、約半数にあたる六四機を飛びたたせようとしている。

東洋艦隊に所属する通信参謀が、サマヴィルに報告する。

「シフルの通信所から、ＺＺＺ信号が発信されています。続くＬＬＬと38の数字も受信しました」

「ＺＺＺ信号は、第一航空隊健在なりの暗号通信。そしてＬＬＬ38は、シフルの予備滑走路から三八機が出撃したとの暗号だな？」

サマヴィルは通信参謀ではなく、最初から横にいた航空参謀に質問した。

「はい。第一次攻撃隊で無事にシフルへたどり着いたのは四〇機でしたので、二機が再出撃できなかった計算になります」

「合計すると一〇二機か……。悲しいかな、これがインド洋における連合軍の海軍航空戦力のすべてだ。だが、今度こそ日本海軍に一泡ふかせてやる」

それまで黙っていた米第4艦隊司令長官のカーナン少将が、呼応するように声を出す。

「八島艦隊を狙うと見せかける秘策……なんとか成功しそうですね」

「ああ、これを実現するために、どれだけ危ない橋を渡ったことか。無理矢理にヤシマで力押しする日本海軍には、数々の栄光をかざった海戦の歴史をもつ我々の策は読めないはずだ」

「あとは戦果を待つだけですが……さすがに艦戦隊を収容するまでは、後方へ退避できません。その間、敵の空母部隊に見つからねば良いのですが」

いまカーナンは、『第二次航空隊を収容』とは言わず、『艦戦隊を収容』と言った。

実際その通りで、空母群に戻ってくるのは艦戦隊のみだ。

残りの艦爆隊と艦攻隊は、ふたたびシフルの滑走路へ戻ることになっている。

この措置は、可能な限り収容時間を短縮する意味もあるが、それ以上に、日本側から航空攻撃を受けて味方空母に被害が出た場合でも、明日以降の航空攻撃を可能にするためである。

まさに限りある戦力を最大限に活用するための知恵だった。

「現在のところ、ヤシマ艦隊と合流する勢いで南下した敵空母部隊は、ほぼヤシマの位置と変わらないところにいると想定している。

そこからだと、我々のいる位置は五二〇キロほど離れているが、いまだに敵航空隊の攻撃範囲内だ。

幸いにも、いまのところ敵の索敵機には見つかっていない。しかし油断は禁物だ。いま現在、我々を守る直掩機はない。すべて攻撃隊として出してしまったからな。

だから艦戦隊が戻ってきて収容を終えるまでは、ひたすら身を隠しつつ対空警戒を怠らないようにしなければならん」

なんと、いまの英米合同艦隊には、直掩機が一機もいないらしい。

敵の空母部隊が攻撃半径内にいるというのに、ものすごいバクチ的な行動である。

いや……。

それしか方法がないから、しかたなく行なっている。

サマヴィルとて、充分な戦力を与えられていたら、もっとマシな作戦を実行していたはずだ。

その知識は充分にあり経験もある。

ないのは戦力……これ一点だった。

## 四

**一八日午前六時　アラビア半島南部近海**

「敵機、来襲！」

小沢（おざわ）治三郎（じさぶろう）中将率いる第二空母艦隊に、突然の警報が鳴り響いた。

ここは第二空母艦隊の旗艦、空母『翔鶴』の艦橋。

「空襲警報！」

間髪入れず小沢治三郎の命令が響く。

第二空母艦隊には『翔鶴／瑞鶴／蒼龍／飛龍』の空母四隻が所属している。

いずれの空母も主力級の正規空母だ。

これらには第一次改装により、簡易的な飛行甲板の装甲とバルジ外側への雷撃対策が計られている。

具体的には、飛行甲板と格納庫床面に甲Ⅱ型重層板（一〇ミリ鋼板に九センチ厚のコンクリート板を張りつけたもの）だ。

敷き詰められた重層板は、二五〇キロ徹甲爆弾を格納庫床面で確実に食い止める設計になっている（飛行甲板で起爆するものの、爆圧は格納庫へ吹き抜ける）。

バルジ外側にも、雷撃水圧吸収ブロック一層を張りつけてある。

これは同一箇所に複数の魚雷を食らわない限り、バルジ内部の破壊までで被害を食い止める措置だ。

あくまで舷側装甲に影響が出ないようにする設計であり、バルジは大きく変形したり穴が開いて浸水するため、対側のバルジへ注水しないと艦の傾斜を招く。

護衛としては、重巡『摩耶／鳥海』・軽巡『那珂／球磨』・駆逐艦一〇隻がいる。

このうち重巡と軽巡の一二・七センチ高角砲弾と一二センチ高角砲弾には、米軍から鹵獲した技術――国内で試験製造されたVT信管（三式電波感応信管）が搭載されている。

重巡の二〇センチ主砲と軽巡の一四センチ単装砲には、対空射撃可能な三式砲弾も用意されているから、以前に比べれば二倍以上の撃墜率をたたきだせると予想されている。

だから突然の航空攻撃を受けても対処できる……。

そう小沢は確信していた。

だが……。

タイミングが悪すぎた。

「早く攻撃隊各機を収容しろッ！」

焦りまくった航空参謀が声を張りあげた。

その声に小沢がふり返る。

「まだ飛びたっていなかったのか？」

つい先ほど、翔鶴の飛行甲板から艦戦隊が発艦したとの報告があった。

彼らは上陸部隊を航空支援するため出撃中だったはずだ。

だから小沢は、てっきり発艦は終了したと思っていた。

「先ほど上がった艦戦隊は、一時的に艦隊を直掩するため先に発艦したものです。ですので艦爆隊と艦攻隊は、飛行甲板後部で爆雷装中でした。爆雷装は終了しましたが、発艦はまだです！」

「はやく飛びたたせろ！」

「無理です！　すでに空母全艦は回避行動を行なっていますので、発艦に必要な直線進行ができません！　そこで格納庫への緊急退避中です‼」

腹に爆弾や魚雷を抱いたまま、エレベーターに乗せて格納庫に降ろす。

これがどれだけ危険な行動か、航空参謀が知らぬはずがない。

だが、いま行なえる手段はこれしかなかった。

「……急がせろ」

右へ左へ激しく機動する空母。

その飛行甲板で収容作業を行なうのは至難の技だ。

下手すると、艦上機が甲板から脱落してしまう可能性すらある。

そうでなくとも爆弾や魚雷がいつ脱落するか、神経を極度にすり減らす作業になる。

すべてを理解した上で、小沢は『急がせろ』と命じたのである。

——ドドン！

飛行甲板の両脇にある高角砲座から、激しく対空砲弾が射ちあげられる。

それに混じり、バッバッバッという二五ミリ三連装機関砲の射撃音が混じりはじめる。

「右二〇度、転舵！」

「おもかーじー！」

艦長の命令と応答する声。

その時。

——ドーン！

遠くから爆発音が聞こえてきた。

「蒼龍に命中弾！」

狭い艦橋に、すぐ左側にある艦橋デッキから報告が入る。

——ドガガッ！

今度は爆風をともなった轟音。

「蒼龍の飛行甲板で大爆発‼」

「むう……」

思わず小沢が唸る。

瞬時に爆弾と魚雷の連鎖爆発に考えが及んだせいだ。

「そ、蒼龍の艦尾部が……吹き飛びました！」

飛行甲板の後部には二〇機以上の艦爆と艦攻が、爆弾と魚雷を抱いたまま係留されている。

何機かはエレベーターで格納庫に入れられたものの、残りは間に合わなかったのだ。

そしてそれは、小沢のいる翔鶴でも同じだった。

「収容は終わったか？」

必死の形相で、航空参謀が甲板長に聞いている。

「まもなく終わります！」

　ということは、まだ終わっていないということだ。

　ここで一発でも飛行甲板後部へ食らえば、間違いなく蒼龍の二の舞いだった。

「味方直掩機、奮戦しています！　対空射撃も効いているようです‼」

　予想以上に敵機に与えている被害が大きいらしい。

　とくにVT信管を装備している高角砲が、おどろくほどの数を命中させているようだ。

「このまま行ってくれ……」

　小沢の漏らした、ほとんど聞こえないほどの独り言。

　それは内面の心情を吐露した声だ。

　これまで日本海軍は、奇跡的に正規空母を失っていない。

　それは半ば、日本優位思想に基づく神話のようになっていた。

　それがいま自分の艦隊のせいで崩壊しようとしている。

　まさに祈らずにはいられない……。

「敵機、退散していきます！」

　攻撃が終了したのか。

　もしくは、あまりにも激しい抵抗に恐れをなしたか。

　ともかく敵の航空攻撃隊は、早々に攻撃を切り上げて去っていく。

「……被害確認を急がせろ」

　小沢はそう命じるのが精一杯だった。

＊

「第二空母艦隊に対し、敵航空隊による攻撃！」

山本五十六のもとに第一報が届いたのは、午前六時一二分のことだった。

電文によると、攻撃開始は六時八分となっている。

たった四分で通信による報告がなされたのを見ても、現場が極度に緊張しているのがわかる。

「相手は艦上機か？」

思わず聞きかえした。

第二空母艦隊は上陸部隊支援のため、かなり半島南岸に接近している。

そのため内陸部にある敵の航空基地から飛びたった陸上機が襲撃した可能性もある。

「艦上機だそうです！」

陸上航空基地からきた攻撃隊なら、命中率の低さから助かる可能性もある。

だが艦上機だと……。

「第二報！　蒼龍に着弾‼」

「食らったか」

すばやく状況を判断した山本は、第二空母艦隊が被害を受けると思った。

その通りの報告があったため、思わず声が漏れたのだ。

「敵の空母は、どこから攻撃を仕掛けたのでしょう？」

宇垣が思案しながら聞いてきた。

近くに海図台があれば、もう少しまともな質問になったのだが、いまは山本の横にいるため間の抜けたものとなってしまった。

「おそらく……ソコトラ島の東側か、もう少し北東に行った場所だろう。我々は、まんまと裏をかかれたのだ」

GF司令部と参謀部は、敵甲艦隊が自分たちを狙うため、南東海域に留まっていると判断していた。

ところが実際には、最初から東へ転進してくる第二空母艦隊を狙って移動していたのだ。

「この海域で活躍していたのは第一空母艦隊ですので、敵もこちらに照準を合わせてくると考えたのですが……そうですね」

宇垣もGF参謀部の失態を認めた。

「どのみち結果論ですね。第二空母艦隊を狙えるということは、第一空母艦隊も狙える位置にいるということですので」

フォローにならない助言をしたのは黒島亀人だ。

それを聞いた山本は、すぐに航空参謀を呼びつけた。

「ただちに残っている索敵機を発艦させろ。なんとしても敵空母部隊の居場所を確認するのだ！」

かなり語気が強かったため、びくっと航空参謀が身体を震わせる。

「は、はっ！　ただちに実施させます‼」

次の瞬間。

鞭で射たれたように走り出す。

「長官。第一空母艦隊には、出撃態勢のまま待機させますか？」

第一空母艦隊は、今朝の航空決戦に備えて半数出撃態勢に入っている。

しかし、これから索敵を行なうとなると、いささか間が空いてしまう。

そこでどうするかと聞いたようだ。

「第二空母艦隊を襲った敵機の数が知りたい」

「ただちに確認します」

山本の意図を察した宇垣が自ら電話所へ向かった。

五分ほど、じりじりとした時間が過ぎる。

「半数出撃にしては多すぎる数……そう無線の問い合わせに答えてきました。現場は混乱しているらしく、実数の報告ができていない模様です」

「それだけ判っていれば充分だ。敵空母は、昨日の交戦での被害機を除いた全機を出したのだろう。ならば直近の第一航空艦隊への攻撃はない。

　第一航空艦隊には、そのまま出撃態勢を維持するよう命じる。暖気運転をくり返すぶん燃料が無駄になるが、それより即応態勢を重視していると伝えてくれ」

　本来なら、これらの判断は南雲忠一に一任されている。

　それをあえてGF長官として命じたのは、万が一に第一空母艦隊が被害を受けた場合、山本が責任を取るためだった。

　ふたたび宇垣が走っていく。

　残された山本に、黒島が話しかけた。

「敵艦隊は、二個の艦隊で交互に我々を揺さぶる策を実施したようですね。まず第二空母艦隊に被害を出させ、こちらを動揺させる。

　となれば次は、仇討ちに燃える我々を見透かし、徹底的に遁走する番です。敵は最初から、水上打撃戦なんか考えていないということです。航空攻撃で叩けるだけ叩き、危ないと思えばすぐさま逃げる。まさにヒットアンドアウェイですね」

　日本語でいえば『攻防連動』といったところだろうが、黒島はあえて適確さを選んで英語を使用した。

「彼我の戦力差を考えれば、まず最初に考慮すべきものだったたな。我々は、八島が被害担当艦になるという概念に囚われすぎて、敵も八島を狙ってくると確信していた」

　それが大きな間違いだったわけだ。常識的に考えれば、少ない戦力でも確実に痛手を負わせられる策を実行してくると判る。それが出来なかった時点で、今回の被害も確定していたようなものだ」

山本の口から、開戦からこのかた初めてといっていい、明確な反省の言葉が漏れた。

それだけ衝撃を受けている証拠だ。

「まだ負けたわけではありません。勝負はこれからです。それに……いくら八雲が被害担当艦とはいえ、毎度毎度、受けて立つばかりでは飽きてしまいます。今度は我々が仕掛ける番です」

たとえ第二空母艦隊にどれだけ被害が出ようと、この海域での優勢は揺るがない。

黒島の発言は、綿密なシミュレートによって独自に引き出した結論である。

それだけに揺らぎのない言葉は安心感を与えてくれた。

「そうだな……我々がやることは決まっている。敵艦隊の撃滅だ」

そう山本が言った時、宇垣が戻ってきた。

「南雲長官から快諾の返事を頂きました。どうやら先方もやる気満々だったみたいです」

味方の空母部隊に被害が出た以上、自分たちが仇討ちすると意気込んでいるらしい。

それを聞いた山本は、弱気になった自分を心の中で叱咤した。

「このまま索敵報告を待つ」

そこからの山本は、まさに不動の態勢だった。

## 五

**一八日午前八時　アラビア半島南部近海**

こちらは第一空母艦隊。

第二空母艦隊が被害を受けて、おおよそ一時間が経過した。

　八島艦隊が放った一二機（八島一〇／高津一／太田一）の水偵から、刻一刻と報告が舞い込んでいる。

　そして、待ちわびていた電文が飛びこんできた。

「八島二番機、遁走している敵甲艦隊を発見！　位置、東北東五二〇キロ‼」

「全空母、発艦！」

　この時ばかりは、南雲忠一の声にも力が入る。

「彼我の距離が五二〇キロということは、敵甲艦隊は本気で遁走したようですね。しかし我々の艦上機の航続距離を考えると、とても逃げきれるものではありませんが」

　艦隊参謀長の草鹿龍之助が、南雲を労うように声をかけた。

「第二空母艦隊の仇討ちだからな。ただでは済ません。それに……」

　南雲はなにかを言おうとしたが、途中で呑みこんでしまった。

「判ってます。航空隊には一撃必殺を厳命していますので、必ずやGF司令部の意向を汲んでくれるでしょう」

　草鹿参謀長の口振りからすると、事前にGF司令部から何らかの指示か命令があったようだ。

　しかし、今はそれを語りあう時ではない。

　まずは目の前の敵を潰すことに専念すべき……。

　そう南雲が言葉ではなく態度で示している以上、女房役の草鹿もそれに習うのは当然である。

「艦爆隊、全機出撃完了です！」

　航空参謀が、通信室からの艦内電話を受けて報告にきた。

　それを南雲と草鹿は、艦橋の外にあるデッキで受けた。

　なぜなら、出撃していく航空攻撃隊を見送っている最中だからだ。

「直掩をかねて先に艦戦隊を上げていたが、燃料は大丈夫か？」

　これは草鹿の質問。

　相手は航空隊長だ。

　南雲は艦攻隊の発艦を見守っている。

「彼我の距離を考えると、まだまだ余裕があります。もし発艦終了までに敵の航空攻撃があった場合は彼らが直掩します。そして交戦後に、味方攻撃隊と合流します。その後は、速やかに格納庫から未出撃の零戦を上げて直掩に上げます」

　今回は半数出撃のため、まだ格納庫には艦上機が残っている。

　その中の零戦を、新たな直掩機として上げる予定になっているらしい。

「燃料が足りるなら問題はない」

　それから一二分後。

「艦攻隊、全機発艦終了。航空攻撃隊は艦隊前方上空で出撃態勢に入っています」

　今度の報告は飛行甲板から来た伝令だった。

「出撃命令を下してよろしいでしょうか？」

　草鹿が南雲に聞いてきた。

「出撃せよ」

「航空隊、出撃！」

　南雲の許可を得た草鹿が、大声で復唱する。

　それを受けた航空参謀が、通信室に繋がる電話に走る。

　約一分後——。

　艦隊前方で周回していた航空攻撃隊が、艦戦／艦爆／艦攻の三個集団にわかれて飛び去りはじめる。

「直掩機、発艦！」

　電話所から航空参謀の声が聞こえてきた。

　各空母に命令を伝えるまでが航空参謀の役目だ。

そこから先は、各空母の航空隊責任者である航空隊長に引きつがれる。

それを示すように、赤城に代わって艦隊旗艦となった白鳳の航空隊長が、白鳳の直掩担当に命令を下す。

「直掩隊、発艦せよ！」

それから八分後。

無事に直掩隊が発艦し、ようやく第一空母艦隊は出撃陣形を解いた。

＊

「艦戦隊、収容完了！」

午前八時三二分。

サマヴィル率いる英米合同艦隊の空母へ、航空攻撃隊が戻ってきた。

いや……。

戻ってきたのは艦戦――スーパーマリン・シーファイアとＦ４Ｆのみだ。

艦爆隊と雷撃隊は、アラビア半島南部にあるシフルの滑走路に戻っている。

「燃料と弾薬の補給を急がせろ。敵がやってくるぞ！」

戦艦ハウにいるサマヴィルは、焦りを隠せない声で怒鳴った。

戻ってきた艦戦のうち、まともに稼動する機を選んで、直掩のため再出撃させる。

なにしろ航空攻撃に空母の保有する全機を出していたため、艦隊を直掩する機が一機もいなかったのだ。

そこで艦戦隊のみを空母へ戻す予定で、攻撃隊を出していたのである。

「被弾した機が多数出ています！　無事な機のみで直掩するとなると数が足りません！」

各空母から次々に被害の仔細報告が舞い込んでいる。

それを受けた航空参謀が、泣きそうな顔で報告しにきた。

「多少の被弾は無視しろ！　飛べる機は直掩に出せ！」

ともかく一機でも多く直掩に上げたいサマヴィルは、かなり無茶な命令を下した。

「りょ……了解しましたっ！」

命令に一瞬驚いた航空参謀だったが、すぐに了解する。

そのまま発光信号所へ伝えるため、伝令に命令を託しはじめる。

「逃げきれるでしょうか？」

さすがに緊張の表情を浮かべているカーナン少将。

日本軍機の足の長さは、すでに連合軍でも脅威と見なされている。

現在の距離は、敵艦隊から五三〇キロ強。

自分たちの艦隊には鈍速の護衛空母がいるため、逃走しようにも一八ノットしか出せない。

おそらく安全圏となるのは、彼我の距離八〇〇キロ以上。

ほぼ絶望的な距離だった。

「まだ見つかったとは限らん。とはいっても……ここ一時間ほどは艦戦隊の着艦と収容で手一杯だったから、直掩機は一機も出せなかった。

そこで各艦の対空監視を強化するよう命じたが、とても万全とは言えなかった。だから、もしかしたら敵の索敵機を見逃した可能性もある。

見逃した大前提で現在は動いている。つまり敵航空隊がやってくることを想定しての艦隊行動だ」

「やって来るかも知れないし、来ないかもしれない……それによって我々の命運が決まるというのは、なんとも……」

むろん日本の航空攻撃隊が来ても、直掩機と対空防御でなんとかなるかもしれない。

なにしろ米第四艦隊の戦艦に搭載されている対空砲弾には、新兵器であるＶＴ信管が使用されているからだ。

さらには戦艦コロラド／ニューヨークだけだが、新型のボフォース40ミリ四連装機関砲が新規に設置されている。

この機関砲は強力であり、まさに弾幕といった機関砲弾の雨を降らせることが可能なのだ。

問題は英艦隊のほうだ。

英艦隊にはＶＴ信管装備の対空砲はなく、機関砲も従来型のまま。

いまの英国に戦時改装を行なう余裕はない。すでに増産態勢に入っているアメリカとは対照的だった。

「いまは神に祈るしかないな」

やることは、すべてやった。

あとは神に頼むしかない。

しかし……。

戦争の女神は常に気まぐれだった。

＊

『左前方に敵空母！　これより敵直掩機と交戦す‼』

零戦四三型で構成される艦戦隊から、短距離無線電話による通信が入った。

『こちら艦攻隊、低空侵入を開始する‼』

「艦爆隊、了解。背後の守りは任せた！」

それぞれの隊が、それぞれの思いを胸に、敵へと突っこんでいく。

艦爆隊隊長の埼嶋健吾大尉もまた、マイクで返答しながら操縦桿を左へ傾けた。

「真駒、敵機は？」

空冷彗星の後部座席にいる真駒新一兵曹長に声をかける。

真駒は背中合わせに座っているため、背後の監視と後部機銃の操作は任せている。

「大丈夫です。零戦隊がぜんぶ食い止めてます！」

「そうか。ならば……よしっ！　目標、左前方の英空母だ。突っこむぞ！」

「いつでもどうぞ！」

じつのところ、埼嶋と真駒は三つしか歳が離れていない。

埼嶋が海兵学校卒の士官なのに対し、真駒は一兵卒からの叩きあげだからだ。

ということは、真駒は航空機の黎明期からの古参兵であり、空母航空隊員としても最古参になる。

所属しているのが白鳳航空隊のため、なんとなく新参者の印象を与えるが、大半の搭乗員は、空母の第一次改装の時に艦を降りて新型艦上機の習熟訓練に参加した者たちだ。

そういった意味では、隊列を離れた赤城と加賀の搭乗員たちのほうが後輩にあたる。

ただし空母としての白鳳は新造艦のため、乗艦している下士官と兵は新参が半数ほど占めている。

そのため赤城／加賀に比べると、艦の練度としては見劣りするものとなっている。

「ていっ！」

スロットルを絞ると同時に操縦桿を前に倒す。

愛機がつんのめるように機首を下げる。

埼嶋は艦爆隊の隊長であると同時に一番編隊も率いている。

まず先頭にいる自分が急降下態勢に入ることで、後続の編隊二番機以降が続く取り決めになっている。
「右斜め上、敵機！」
真駒の叫び声。
零戦隊をかいくぐり、一機のＦ４Ｆが逆落としになりつつ銃撃態勢に入った。
「このまま行く！　後は頼む!!」
――タタタタッ！
後部にある七・七ミリ旋回機銃が火を吹く。
しかし、その銃声は頼りないほど軽い。
――カッ！
埼嶋の座っている操縦席の右側胴体に、ハンマーでアルミ板を叩いたような音がした。
明らかに命中弾だ。
埼嶋は急降下中にも関わらず、ほんの少し機体を動かして見た。
「異常なし！」
どうやら操縦席側面にある防弾板が敵の機銃弾を食い止めてくれたようだ。
すでに高度は一〇〇〇メートルを切っている。
機体は限りなく垂直に近いところまで落ちている。
操縦席の真正面に、特徴的な英空母の飛行甲板が迫ってきた。
「投下！」
――ガタン！
けっこうな衝撃とともに、五〇〇キロ徹甲爆弾が前方に投げ出される。
反動で、機体がわずかに上方へ浮かびあがる。
その瞬間を埼嶋は逃さない。
急降下フラップを閉じ、操縦桿を力一杯引き絞る。
だが、機体はなおも落ち続ける。
あと六〇〇メートル。
周囲には、撃ち上げられる機関砲の曳光弾がいくつも光の糸を引いている。

――くんっ！

かすかな手応え。

操縦桿に伝わってくる空気の抵抗が変わった。

「あがれーッ！」

左手をスロットルへ。

慎重にスロットルを開いていく。

右手は操縦桿を引いたままだ。

――グォン！

空冷艦爆の心臓――火星二三型エンジンが息を吹き返す。

機首がゆっくりと持ち上がる。

海面まで五〇〇メートル。

ようやく機体が水平になった。

「よーしっ、逃げるぞ！」

スロットル全開！

――ブオオオオーッ！


たちまち上がるエンジンの雄たけび。

機体が上昇に転じるにつれて、埼嶋の背にかかる重力が増大していく。

「命中！　ド真ん中‼」

歓喜に染まった真駒の声。

残念ながら埼嶋は、それを見ることができない。

しかたなく、逃げることだけを考える。

『こちら三番機！　一番機が落とされました‼　落とした相手は、どう見てもスピットファイアにしか見えません‼』

三番機が視認したのは、スピットファイアを改造したスーパーマリン・シーファイアだ。

これまで日本軍には確認されていない、まっさらの未確認飛行物体（UFO）である。

しかし今、現認されたことにより確認航空機となった。

「……スピットファイアは優秀だと聞いている。

零戦隊で対処できるだろうか？」

　これは埼嶋の独り言だ。

　味方を不安にさせるような言動を無線電話に乗せることはできない。

『こちら編隊五番機、敵の軽空母らしきものに命中させました！』

「こちら編隊長、了解！　母艦に戻るまでが任務だ。気を引き締めて行け‼」

　すでに離脱空域に入りつつあった埼嶋は、ようやく部下の報告に返答する余裕ができた。

　しかし、直属の一番編隊はおおむね爆撃を終了したものの、まだ二番編隊以下は爆撃中だ。

　彼らから届く無線電話が、距離の関係で聞き取りにくくなってきた。

「集合場所へ向かう。御苦労だった」

　埼嶋は肉声で、後ろにいる真駒へ声をかけた。

# 第五章　怒涛の追撃

## 一

**一九四三年一〇月一八日　アラビア半島南東沖**

午前九時八分。

「空母イラストリアス、護衛空母シェナンゴの二隻を失いました」

ようやくサマヴィルのもとへ被害報告が届いた。

敵の航空隊は、空母だけでなく戦艦ハウ／コロラド／ニューヨークにも攻撃を仕掛けてきた。

そのせいで空母は全滅をまぬがれたものの、戦艦ハウと巡洋戦艦リナウンに爆弾一発が命中、ニューヨークには爆弾一発と魚雷一発が命中した。

その他にも巡洋艦HMSドラゴンが、魚雷の流れ弾に当たって撃沈されている。

日本の正規空母四隻による半数出撃で、喪失したのが空母二隻のみで済んだ。

これは善戦したと言って良い。

もっとも功績を上げたのは、最後まで敵航空隊に食らい付いたスーパーマリン・シーファイアである。

初めて零戦四三型に対抗できる艦戦が登場した瞬間だった。

「空母二隻は痛すぎる結果だが、まだ我々は戦える。敵もこれで見逃してくれれば、なんとかアフリカ東海岸の防衛は維持できるのだが……」

どことなくホッとしているサマヴィル。

八島と直接の交戦にならなかったことを安堵し

ているようだ。

　それを見たカーナンは、まだ戦いは終わってないとばかりに声をかけた。

「ともかく、出せる最高の速度でモンバサへ戻りましょう。航空隊は当面、アラビア半島南部の支援のため現地に留まる予定ですので、空母にはモンバサにいる予備の航空隊を乗せるしかありません」

　モンバサは、あまりにも英本土から離れている。合衆国本土からも遠い。

　そのため航空隊の消耗を予見し、英米軍ともに、事前に予備航空隊を派遣している。

「モンバサから航空隊が飛んでこれる範囲に入ったら、予備航空隊を呼び寄せることにしよう。失った空母ぶんはいらないから、それほど大変でもないと思う」

　沈んだ空母の乗員には聞かせられないセリフだ。

　いまのサマヴィルは、どことなく情緒不安定だった。

「……我が軍の予備航空隊にも、そう伝えることにします」

　サマヴィルの言動には、カーナンもカチンときた。

　しかし、声に出して注意はしない。

　誰もが疲れている。だから、いまやるべきことは、無闇に刺激することではない。

　互いに必要以上に気を使いつつ、なんとか帰還まで任務を全うすること……。

「直掩隊の交代を行なったら、ただちに母港へ戻る！」

　心なしか、サマヴィルの声は震えていた。

＊

「敵甲艦隊の速度、一六ノットに低下！」

第一空母艦隊による航空攻撃の終了後に出した水偵が、ようやく報告を送ってきた。

「思ったより速度を落とせなかったな」

八島艦橋に陣取った山本五十六は、背後に立つ黒島亀人に声をかけた。

その表情が、かすかに揶揄の色に染まっている。

黒島のシミュレートでは、一四ノット前後まで落とせるとなっていたからだ。

「敵甲艦隊の速度を決めていたのが護衛空母でしたので、護衛空母に被害を与えれば予想通りになっていたはずです。

しかし実際は、被害を与えるはずの護衛空母一隻を撃沈してしまいました。現在の敵甲艦隊の速度を決めているのは被害を受けた戦艦です」

報告によれば、米海軍の戦艦ニューヨークが煙突部に五〇〇キロ徹甲爆弾を食らい、さらには艦尾付近に魚雷一発を食らって、速度が一六ノットまで低下している。

「まあ、結果的に思惑通りになったから良いが……」

「私の策はこれからです。まあ、見ててください」

やけに自信満々な黒島亀人。

宇垣は山本の横で完全無視中だ。

そんな参謀長を気にしたのか、山本が声をかける。

「宇垣……。インド方面艦隊と第二空母艦隊のほうは、準備を終えているのだろうな？」

「はい。万端整っております」

あい変わらずの愛想のなさだ。

しかし、やるべきことは完璧にやり遂げている。

「よし！　あっちが準備完了なら、我々も動くとしよう。八島艦隊、艦隊全速で敵甲艦隊を追撃開始‼」

現在の彼我の距離は、五八〇キロ。

八島が機関に無理をかけずに出せる最高速度は二五ノットだ。

これ以上になると最悪、数時間で缶室に問題が発生する。

単純に五八〇キロを踏破するなら一八時間半だが、今回の場合は相手も動いている。

しかも……。

敵も逃げるのに必死だから、一直線に逃げるわけではない。

なんとか行方をくらまそうと、何度も進路を変えるはずだ。

苦しまぎれに航空攻撃を仕掛けてくるかも知れない（日本側は、敵航空隊が艦戦以外の艦上機を半島南部の陸上滑走路へ向かわせたことを察知していないため、まだ航空攻撃を行なう余力があると判断している）。

それでも八島艦隊は追撃する。

なぜなら、とことん追撃するのが作戦だからだ。

「艦隊各艦へ通達。追撃命令！」

宇垣が短く復唱する。

途端に各参謀が動きはじめた。

＊

同時刻、インド方面艦隊。

腕時計を見ていた高須四郎中将が、大声で命令を発した。

「作戦開始！」

「艦隊進路、西へ！　速度二八ノット‼」

神重徳（かみしげのり）方面艦隊参謀長が復唱する。

神は海兵四八期・海大三一期卒のため、参謀長への抜擢は異例の人事といえる。

このところ空母や軽巡の完成が相次ぎ、各艦隊や戦隊の編成も頻繁に変更されている。その余波で優秀な人物は引く手あまたとなり、重要な作戦ほど年功序列を無視した人事が行なわれつつある。

インド方面艦隊の参謀長も、当初は黒島亀人の予定だったが、山本五十六が手放さないため、後輩で最優秀と評判の神が登用されたのである。

「神。第二空母艦隊は、きちんと追従しているだろうな?」

「大丈夫です。後方八〇キロを同速で追いかけています」

なんと……。

インド方面艦隊の後方に、被害を受けた第二空母艦隊がいる。

しかも追従しているという。


第二空母艦隊の蒼龍は、艦尾に爆弾を受けて大破した。

飛行甲板後部を激しく破壊され、着艦不能に追いやられている。

同時に舵とスクリューもやられ、航行不能となった。

小沢治三郎中将はなんとか蒼龍を救おうと、曳航してセイロンまで退避させようとしたが、艦尾部からの浸水が機関や缶室にまで達すると予想されたため、泣く泣く自沈処理を決めた。

他に被害を受けた艦は、重巡『鳥海』が中波、軽巡『球磨』が小破となっている。

しかし蒼龍を除くと速度低下を来した艦はなかったため、現在も作戦行動中である。

「小沢さんは辛いだろうが、まだ無事な空母が三隻いるのだから、しっかり受けた被害ぶんは借りを返して欲しいものだ」

小沢は帝国海軍史上、最初に正規空母を失った長官となった。

まことに不名誉なことであり、小沢の心境は察するに余りある。

そこに届いたのが、ＧＦ司令部からの枝作戦実行命令だった。

インド方面艦隊と第二空母艦隊は、これより紅海にいる敵乙艦隊を追撃する。

敵乙艦隊が第二空母艦隊の航空攻撃半径に入ったら、すかさず出撃。

その間も追撃速度は緩めず、紅海を北上する。

ただしインド方面艦隊が、敵乙艦隊に水上打撃戦を挑むことはない。

あくまでインド方面艦隊は囮の役に徹し、第二空母艦隊だけで敵艦隊を殲滅する策である。

そして……。

両艦隊の任務はそれで終わらない。

敵の陸上航空隊が出撃してくる恐れがあるため、敵艦隊を殲滅したあとの第二空母艦隊は、可能な限り紅海周辺の陸上航空基地を潰してまわる。

その間、インド方面艦隊は囮となるため、ある程度の被害は受ける前提での作戦運用となる。

肝心なのは、紅海を北上しているあいだ、第二空母艦隊に被害を出さないことだ。

これさえ達成できれば、あとの作戦行動は成就したも同然である。

最終的な目標は、スエズ運河の閉鎖。

ただし、スエズ運河はパナマ運河とは違い、閘門のない水平式の運河だ。

そのため閘門を破壊して運河の機能を喪失させる手は使えない。

そこでＧＦ参謀部が考えたのは、運河南端となるスエズ北方の狭い水路部分と、運河北端に近いポートサイド南方にある一本道の水路部分で、航行中の船舶を片っぱしから沈めて障害物にしてしまうというプランである。

スエズ運河は現在、紅海出口に突如として日本の艦隊が来たため、全面的な通行規制が行なわれている。いわゆる『足止め』だ。

そのため運河の途中には、何隻もの輸送船やタンカーがひしめきながら投錨している。

攻撃を受けて着底した船舶を排除するには、早くて半年程度の時間が必要だ。

それを数ヵ所で行なうのだから、当面のあいだスエズ運河は使い物にならなくなる。

これがヒトラー総統の要求なのだから、日本としては何とか実現したい。

そのため、もっとも成功する可能性の高い作戦が練られ、いま実行に移されたのである。

では、なぜ八島が直接乗りこまないのか。

八島の喫水は二〇メートル。パナマ運河を通行可能な船の喫水も二〇メートル。

これだけ見ると八島でも大丈夫と思えるだろうが、そうはいかない。

八島の二〇メートルは基準排水量での値なのだ。ところが現在は、燃料満載で武器・弾薬・物資も満載……かぎりなく満載排水量に近い状態にある。

その時の喫水は二五メートルにも達する。

この数値は、スエズ運河どころか紅海の浅いところですら座礁するものだ。

すなわち……。

八島は現在の状況では、どうあがいても紅海にすら侵入できないのである。

そこで出番となったのがインド方面艦隊だった。

「ここで我々が作戦を成功させないと、今後の八島艦隊が行なう作戦が実施できなくなる。八島艦隊の作戦は、常に最重要作戦と位置づけられている。それを我々が中止に追いこんではならない」

八島艦隊がインド洋にやってきたのは、なにもヒトラーの要求を実現するためではない。

要求以前から、八島艦隊のインド洋派遣は決定していたのだ。

どちらかというと、アラビア半島南部上陸作戦のほうが、後付けで追加されたにすぎない。

ただしインド方面艦隊と第二空母艦隊の場合は、上陸作戦がメインの作戦となっている。現在の状況は、ようやく作戦担当艦隊が本来の任務に戻ったことを意味していた。

小沢の気持ちを察した高須に対し、神がフォローの言葉をかける。

「こちらは何としてもやり遂げる所存です。問題が出るとすれば八島艦隊のほうですね。敵甲艦隊がどこへ逃げるのか、完全に敵任せですから。

とはいえ……どれだけ逃げ回ろうと、最終的に戻る場所はモンバサしかありません。なのでGF司令部は、魚を網で囲いこむように、徐々に敵甲艦隊を追いこんでいくと思います」

神の言葉に、高須はちいさく肯いた。

「敵甲艦隊を殲滅するまで、八島艦隊は単独行動となる。第一空母艦隊は後方へ下がり、もっぱら上陸部隊の支援を務めることになる。

これは上陸部隊の進撃を支援すると同時に、これ以上の空母損失を阻止するためだ。失った蒼龍はもはや取りもどせないが、第一空母艦隊から離れてセイロンへ向かった赤城と加賀もいる。

おそらく赤城か加賀のどちらかが第二空母艦隊に配属となるか、もしくは赤城／加賀をハワイへ向かわせ、代わりに扶桑／山城のうちのどちらかをインド洋に向かわせることになるはずだ。

この状況は、新造となる蒼鶴／白鶴の完成まで続く。これとは別に、今月中には蒼燕型軽空母二隻が完成するから、既存の軽空母もようやく第一次改装が可能になる。

すべては来年に迫っている、合衆国海軍の大増強に合わせるためだ。そして大増強を座して見守れば日本は苦しくなる。

それを阻止し、なんとしても合衆国を……」

ここまで高須が喋った時、戦艦『金剛』の艦橋に報告の声が響いた。

「最上二番機、敵乙艦隊を発見！　現在位置、北西六二〇キロ‼」

報告したのは通信室から来た伝令だ。

「神。第二空母艦隊との位置関係は？」

質問された神が、暗算しはじめる。

すぐに返答した。

「七二〇キロです。第二空母艦隊は、我々の東南東一〇〇キロ地点で作戦開始を待っています」

「では第二空母艦隊に通達。これより作戦を開始せよ。我が艦隊は先行しつつ敵艦隊の囮となる。以上、暗号通信で伝えよ」

「了解しました」

神は応答すると、すぐさま動きはじめる。

インド方面艦隊は、すでに作戦を開始している。なので第二空母艦隊が動きはじめれば、すぐさま両艦隊は連携して追撃を開始する手筈になっていた。

かくして……。

それぞれの艦隊が、それぞれの役目を担いながら動きはじめたのである。

二

**一〇月一九日朝　紅海**

八島が追撃をはじめて、おおよそ一日が経過した。

しかし、まだ追いついていない。

昨日の朝、敵甲艦隊を発見した八島艦隊は、敵甲艦隊が発見位置からモンバサへ最短距離でむかうと判断していたが、実際には違っていた。

敵甲艦隊は日没まで、ひたすら南東へ移動したのだ。

場所的に言えばモルディブ諸島のある方向に当たるが、その間はなにもない大海原。

当然のことだが、山本たちも敵艦隊の行動を欺瞞と考えた。

どうせ夜を待ってモンバサ方面へ転進するだろう……。

そう予測した八島艦隊は、進路を南に転じ、敵甲艦隊の予想コースをショートカットする態勢に入った。

だが……。

一九日の朝になり索敵機を飛ばしたところ、なんと敵甲艦隊は北に進路を変更したことが判明したのである。

「また裏をかかれましたね。まさか敵が、まだ紅海の乙艦隊と合流しようとしていたとは……」

自慢の策が欺かれた黒島亀人が、半分照れ笑いのような表情を浮かべている。

さすがに見かねたのか、宇垣が注意した。

「黒島参謀。策に破れたのであれば、その態度は参謀として看過できんぞ。たとえ打開策を考えていようと、まずは長官に対し真摯な態度で謝るべきではないか?」

宇垣の階級は、半年ほど前に少将へ昇格している。

ほぼ同時に黒島も大佐に昇格したため、二人の関係は以前と同じである。

「そう見えたのでしたら陳謝いたします。私の策は、まだ破れておりませんので。それどころか、いまの敵の動きこそが大本命なのです。

敵はゆいいつ残されていた生存への道を、自らの行動で閉ざしました。紅海の乙艦隊と合流するという判断は、我々に根こそぎ潰されるルートに乗ったことになるのですから。

長官。これからの作戦実施において、もし我々が敵甲艦隊を殲滅できなかったとしたら、その時は土下座するでも首をさし出すでも、なんでもします。ですので、いましばらく、乙案にて作戦の継続を願います」

呆れるばかりの自信。

山本相手にここまで言い張れる黒島は、やはり変人である。

「我々の目的は敵の甲乙両艦隊の殲滅だ。それさえ成就するのであれば、私としては構わない」

どのみち、敵艦隊がこの海域をうろついている間は、真の作戦として温存しているものは実施できない。

しかし時間はあまり残されていない。

いざとなれば、敵の両艦隊ともインド方面艦隊と第二空母艦隊に任せる選択をしなければならなくなるかも……。

その可能性を少しでも減らせるのなら、黒島の策に乗るのも手だった。

「……よろしいでしょう。ではGF参謀長として進言いたします。敵甲艦隊の進路の先には、上陸部隊支援のため北上した第一空母艦隊がいます。

このまま放置しておくと、早ければ今日の夕方あたりには敵艦隊の航空攻撃範囲に入ります。どういたしますか？　第一空母艦隊に航空決戦を挑ませますか？」

「敵の艦上機より味方の艦上機のほうが、遠くまで飛べる。だから航空決戦になれば、我が方の有利となるが……時間差はあれど、第一空母艦隊にも被害が出かねん状況だな」

山本は戦わせたくないようだ。

しかし、今日のうちに敵の空母を戦闘不能に追いこまないと、今度はインド方面艦隊まで危うくなってくる。

「長官……まずは反転して、追撃を開始してください」

黒島が強引に話に割り込む。

「ああ、そっちが先だな。八島艦隊、進路を変更し、全速で敵甲艦隊を追撃せよ！」

唐突な命令だったが、すぐに八島艦長の松田千秋が復唱した。

同時に作戦参謀が、護衛の水雷戦隊へ命令を伝えるべく電話所へ走る。

考えこんでいた宇垣が顔を上げた。

「長官。第一空母艦隊に、西へ転進して敵甲艦隊と距離を開けるように命令を出してください。こちらの航続ぎりぎりの地点から航空隊を出すのであれば、彼我の航続距離の差から、一方的な攻撃ができるかもしれません。

最悪の場合は相討ちになりますが、それでも距離があれば敵航空隊が攻撃に割ける時間が短くなりますので、比較的有利な戦いを展開できます」

「第一空母艦隊へ命令伝達。敵艦隊を可能な限りアウトレンジしつつ対処せよ。以上伝えろ」

山本は瞬時に命令を発した。

宇垣の進言をすべて受け入れたのだ。

今度は航空参謀が走る。

さすがに黒島の発言はなかった。

＊

「紅海の敵乙艦隊、依然、まっすぐ我が艦隊にむけて進んできています！」

　こちらはインド方面艦隊旗艦、戦艦『金剛』。

　あい変わらず艦橋に立っている高須四郎の元に、艦隊作戦参謀が歩みよってきた。

「そろそろ第二空母艦隊の攻撃範囲に入るのではないか？」

　この質問には、航空参謀が答える。

「はい。このまま行けば、午前八時前には攻撃圏内に入ります」

「攻撃の可否は小沢さんに任せてあるが……出すだろうな？」

　ふたたび作戦参謀が前に出る。

「まず間違いなく攻撃に出られるでしょう。敵乙艦隊も、航空攻撃を間違いなく受けるというのに、なぜ進んでくるのか理解に苦しみます」

　と、その時。

　八島艦隊からの通信が届いた。

　通信室に繋がる電話所から、伝令が走ってきたのだ。

「ＧＦ長官からの通信連絡です。東にいる敵甲艦隊が、夕刻に第一空母艦隊と交戦する可能性が出てきた。よってインド方面艦隊と第二空母艦隊は、敵乙艦隊を絶対に敵甲艦隊に接近させないよう作戦を展開せよ。以上です！」

「甲艦隊が北へ向かっただと⁉」

　予想外の出来事に、高須の声がうわずっている。

　しかしすぐに元に戻った。

「うむ……甲艦隊はあちらに任せよう。我々は乙艦隊に集中すれば良い」

　命令に変更なし。

　高須の全身がそう告げている。

　参謀長の神も、なにも声を発しない。

　すでにやることは決まっていて、艦隊は全速で目的達成のため突っ走っている。

あとは叩き潰すだけだ。

＊

「東洋艦隊より入電！　これより合流のため突入する。貴艦隊においては連動して南下、速やかに合流されたし。以上です！」

ここは英地中海艦隊の旗艦、戦艦ヴァリアントの艦橋。

現在の英地中海艦隊は、同じ目的でやってきた米大西洋艦隊派遣部隊と合流し、便宜上の名を『地中海派遣艦隊』と名乗っている。

作戦指揮官はヘンリー・プリダム・ウイッペル少将。

米艦隊の司令官であるジョナス・H・イングラムも同格の少将だが、今回は副司令官として従事することになった。

「最悪だな……」

報告を聞いたウイッペルは、顔をしかめながら吐き捨てた。

気軽に南下せよと言ってくれるが、紅海を出た海域には日本軍の空母部隊が二個もいる。

こちらが空母部隊を持たないことを承知の上で南下せよと命令してくるのは、ほとんど嫌がらせみたいなものだ。

「サマヴィル長官には、何かお考えがあられるのでは？」

部隊参謀長のドナルド・マッキンタイア大佐が、サマヴィルを庇うような言葉を吐いた。

マッキンタイアは、永らく大西洋で第5護衛グループの指揮官についていた。

しかし船団護衛任務でグループが疲弊し、一九四一年に解散となった。その後は本国艦隊に配属されたが、今回、東洋艦隊を支援するため派遣艦隊の参謀長として抜擢されたのである。

「いや……言っちゃ悪いが、長官は御自身の手柄を最優先になされる傾向がある。おそらく今は、敗北した東洋艦隊の名誉を回復することしか考えておられないはずだ。

事実、空母二隻を失ったものの、敵の正規空母一隻を自沈に追いやるという、米海軍ですら成し遂げられなかった快挙を手になされている。

本来なら一矢報いたのだから、南アフリカ方面に撤収してもいいはずだ。しかし、それは出来ない。なぜなら我々が支援に駆けつけたからだ。

現状で撤収すれば、我々は何もしないまま地中海に引き返すことになる。つまり無駄になったというわけだ。この状況はサマヴィル長官の汚点となるだろう。

だから何としても我々に一戦交えてもらい、面目が立った状態で撤収するおつもりなのだろう。

たとえ我々が被害を受けても、東洋艦隊と米第4艦隊がさらなる戦果を上げればお釣りがくるというわけだ」

ウイッペルは敬語を使っているものの、言っている内容は辛辣そのものだ。

そもそも今回の派遣自体、なんとかイタリア戦線を好転させようとしていた矢先に、無理矢理、サマヴィルの要請でねじ込まれたものである。

当然、英地中海艦隊の内部では、噴飯ものの命令と受けとられている。

連合軍内部の力関係で決められたことだけに、いくら戦略上重要な作戦だと言われても、そう簡単に納得できるものではなかった。

「では、お義理程度の行動に終始しますか？」

先ほどはサマヴィルを庇ったマッキンタイアだったが、本音はウイッペルとあまり変わりないようだ。

「いや、駄目だ。こちらにいる米地中海艦隊派遣部隊、そしてあちらにいる米第４艦隊ともに、米海軍の上層部からヤシマ艦隊を阻止せよと厳命されている。

つまり東洋艦隊と二個米艦隊はやる気まんまん……そんな中で、我々だけが日和見すれば、最悪、命令不服従に問われる可能性すらある」

「となると……危ういですね」

「ああ、非常に危うい。下手すると艦隊機能を喪失する事態になりかねない。しかも砲雷撃戦を挑む間もなく、敵の航空隊によって潰される可能性のほうが高い」

話しているうちに、二人の表情がどんどん暗くなっていく。

「……ともかく、だ。紅海出口までは、予定通り艦隊全速で進むしかなかろう。時間的に見ると、ちょうど今日の夕方あたりに到着する計算だ。

その頃になれば、東洋艦隊の空母がもう一度仕掛けるはず。その結果を見て、夜のうちに突進するか、明日の朝まで様子を見るか決めようではないか」

ウイッペルの出した結論は、全力で行くと見せかけて、その実、気付かれないよう用心しながら様子を見る……だった。

「米派遣艦隊には、どう伝えます？」

「夕刻まで現状を維持しつつ南下するとだけ伝えてくれ」

「了解しました！」

そう感じたらしいマッキンタイアの声が、わずかに明るさを取りもどした。

か細いながらも希望が見えてきた。

## 三

### 一〇月一九日夕刻　アラビア半島南部沖

「残念ですが届きません……」

サマヴィルのいる戦艦ハウの艦橋に、疲れた様子の航空参謀がやってきた。

午後二時半に送り出した水上偵察機が、ようやく敵空母艦隊の位置を探り当てた。

その報告をしにきたのである。

「……………」

落胆したサマヴィルは、返事すらしない。

艦隊の出せる最高の速度で西北西へ移動したが、やはり護衛空母と被害を受けた戦艦が足を引っぱったようだ。

目標としていた日本の空母部隊は、東洋艦隊をあざ笑うかのように、西北西六〇〇キロの位置にたたずんでいる。

この位置は、艦爆隊と雷撃隊のいるシフルの滑走路からだと四二〇キロとなり、充分に攻撃範囲内となる。

なのに航空参謀が届かないと言ったのは、東洋艦隊から送りだす艦戦隊の航続距離が足りないからだ。

「明日の朝に賭けるしかありませんね。シフルにいる飛行隊を呼び戻しますか。いますぐ命令を出せば、日没後になりますが着艦は可能です」

カーナンが事務的に質問してきた。

自分の指揮下にある護衛空母が足を引っぱっているため、あまり感情的な言動をすると反感を買いかねない。そう思っているようだ。

「いや……残りの機がシフルにいることは、まだ日本軍にはバレていないはずだ。このまま明日まで粘ろう」

艦戦隊を除く航空隊を呼び戻したところで、明日の朝の出撃に時間がかかるだけだ。

空母から発艦するより、陸上の滑走路を出撃するほうが遥かに速い。

そう判断しての返事である。

と、その時……。

「敵襲！　西方向に敵機多数！」

「敵も気づいていたか……」

そう呟いたサマヴィルだったが、言葉にはすでに諦めの雰囲気が混っている。

やってきた方向から見て、自分たちが攻撃しようとしていた敵空母部隊からの航空攻撃隊に違いない。

こちらが画策することは敵も画策する。

ただ順番が巡ってきただけ……。

「対空戦闘！」

「艦隊運動が間にあわない！　個艦で回避させろ！」

「直掩隊、迎撃に向かいます！」

艦橋のあちこちから、一斉に参謀たちの声が湧きあがる。

「長官、副長官。司令塔へ入ってください」

艦隊参謀長が、サマヴィルとカーナンに退避を要請した。

二人とも無言で肯く。

すぐに移動を開始した。

＊

同時刻、米第4艦隊に所属する軽空母ベローウッド。

ベローウッドは新規に設計されたインディペンデンス級軽空母の三番艦として、今年の六月に完成した。

それから慌ただしく公試と習熟訓練を行ない、九月半ばに第四艦隊に配属された。

乗員の大半は、かつて太平洋でエンタープライズに乗っていた者たちだ。

航空隊はヨークタウンの生き残り。

誰もが一度は、八島艦隊に煮え湯を呑まされた者たちばかりだった。

艦長のジョゼフ・J・クラーク大佐も、ヨークタウンで副長をしていた一人だ。艦長としては珍しい航空隊出身のため、なにかと空母航空隊員から信頼されている。

その実績が買われての登用だった。

「左二五度、回避！」

すでに上空では、敵のゼロファイターと味方のF4Fが戦っている。

ベローウッドが上げた直掩機はすべてF4Fで、総数八機。

最新鋭の軽空母とはいえ、搭載機数が最大四五機ではこんなものだ。

――ドウッ！

身をかわしたベローウッドの右舷中央至近に、大きな海面爆発が発生した。

「右舷スポンソンの機関砲座一基に断片被害！」

艦橋と呼ぶのも恥ずかしいほど狭い、ベローウッドの艦橋。

その飛行甲板側にある艦橋デッキから報告が入った。

直撃はなんとか回避したが、断片被害はまぬがれなかったらしい。

「舵、もどせ！　そのまま右舷へ二〇度回頭！」

元が戦闘機隊の隊長だっただけに、攻撃してくる敵機の行動がある程度は読める。

クラークは、このまま逃げ通せると確信していた。

が……。

「左舷前方、敵雷撃機、三！」

声に反応して、左舷前方を見る。

三機の日本軍機が、縦列をなして水面ぎりぎりを飛んでいる。

そして、ほぼ三機同時に魚雷を投下した。

その距離、わずか五〇〇メートル。

——ドドドドドッ！

ベローウッドの左舷スポンソンにある新装備の40ミリボフォース機関砲が、大きなドラムを打ち鳴らすように吼える。

たちまち、先頭を飛んでいた日本の雷撃機が被弾。

一瞬でバラバラになりながら海面と激突した。

残り二機は、艦首方向へと方向を変えつつ上昇していく。

「魚雷、当たります！」

窓の外を見ていた参謀の一人が絶叫する。

「全員、衝撃に備えろ！」

自分自身も近くの構造物に掴まりながら、他の者に注意を喚起する。

——ズドン！

腹を揺さぶる重低音と斜め上に突き抜ける振動。

「左舷中央部に命中！」

三発の魚雷のうち一発を食らったらしい。

ほぼ同時に投下されたのだから、三発とも食らってもおかしくない状況だが、なんとか操艦の妙で回避できたらしい。

「被害確認！」

ベローウッドは護衛空母とは違い軍艦構造で建艦されている。

そのため、そう簡単には沈まない。

それでも被害によっては、作戦行動に重大な支障が生じる。
それを危惧したクラークは、艦務参謀に被害確認を急がせた。
「東洋艦隊より入電！　フューリアスの飛行甲板に爆弾命中！」
「よ、よその艦隊の報告は後でいい！　いまは自分たちを最優先しろ！」
反射的に叫んだ。
まだ敵襲は終わっていない。
魚雷は食らったが、まだ飛行甲板は無事だ。
なんとか、このまま……。
――ドガッ！
クラークの祈りは神に届かなかった。
着弾は艦橋のすぐ横。
エレベーター付近に直撃した。
吹き荒れる爆風。
たちまち艦橋左舷側の窓ガラスが吹き飛ぶ。
艦橋内に吹き込んだ爆風によって、クラークは数メートルも飛ばされた。
「うぐっ……」
意識が吹き飛びそうになったが根性で堪える。
片膝をついて周囲を見回す。
あたりには阿鼻叫喚の光景が広がっていた。

＊

午後五時一八分、第一空母艦隊。
『航空隊より入電！　敵空母二／戦艦二に、爆弾および魚雷命中！』
正規空母『白鳳』の艦橋に、通信室からの連絡が鳴りひびく。
「可能なら命中箇所の報告をさせろ」
草鹿参謀長が、航空参謀に命じる。
当たり所によって戦果は大きく変る。なのに報告には、それがなかったからだ。

「敵さんは航空隊を出せなかったようだな」

命令を終えた草鹿に、南雲忠一が尋ねる。

「彼我の距離が六〇〇キロありますから、敵航空隊の一部は届かないと思います。足の長い機種のみで出撃してくるかも知れないとは思いましたが、さすがに無謀だと断念したのでしょうね」

草鹿たちは、東洋艦隊の艦爆と艦攻が陸上基地にいることを知らない。

そのため敵甲艦隊——東洋艦隊の動向のみを探っていた。

結果的には作戦が成功してアウトレンジ攻撃を実施できたが、じつは相当に危うい橋を渡っていたことになる。

一〇分ほどして……。

「艦爆隊長より入電！　攻撃後の回避行動に専念していたため、通信が遅れたとのことです。英正規空母の飛行甲板に爆弾一命中、離着艦不能と判定！

米軍と思われる新型軽空母に爆弾一／魚雷一命中。爆弾は飛行甲板中央付近に命中、離着艦不能と判定！　同軽空母の左舷中央付近に命中した魚雷により、艦速低下中なるも実測は不明！

英戦艦に爆弾命中！　後部主砲塔に被害を与えた模様。米戦艦の艦尾付近に魚雷命中。速度、大幅に低下中！」

通信室から電文をにぎり締めた伝令がやってきた。

仔細報告のため、艦橋放送ではなく直接伝えさせたらしい。

「半数出撃でしたが、いささか戦果に乏しい気がするな」

どうやら南雲は、戦果に不満があるようだ。

新規に配備された白鳳型は、新型艦上機を

一〇〇機も搭載できる。

赤城や加賀ですら新型だと一〇〇機に満たなかったのだから、新旧交代により南雲の戦力はかなり向上している。

それを踏まえての発言だった。

「敵艦隊のうち、米艦の対空砲には、おそらく例の電波感応信管が使われていると思います。我々ですら実用化できたのですから、先行している米海軍も当然のように実戦配備しているでしょう。あの信管……もともとは米軍が開発したものですが、かなりの威力があります。不用意に接近すると、味方航空隊の被害が増大しますので、攻撃隊の各隊長も苦戦したのでしょう」

ＶＴ信管の登場により、単純計算で一・五倍から二倍もの被害増大が見込まれている。

それだけ優秀な新兵器なのだ。

そして日本も模倣に成功しているため、これは米航空隊にも言えることである。

「敵味方双方に当てはまるのであれば、相対的な戦果には変化がない……と言いたいところだが、実際は大アリだな。

これからは航空攻撃隊の規模に比して、戦果予想を引き下げなければならん。さらに言えば、味方機の損害予想も大きく見積もらねば。

なかなか戦い難い状況になってきたな。今後は空母同士の潰しあいが激化するような気がする」

南雲はもともと水雷屋だ。

それがどういう因果か空母艦隊の司令長官になってしまった。

それだけに、航空畑を専門としてきた草鹿参謀長に頼る傾向が強い。

いまの意見も、断言するのではなく自分の感想として口にしているのが、その証拠だった。

「矛を強化すれば、いずれ盾も強化されます。今回は偶然にも盾矛同時の強化となりましたが、このせめぎあいは永遠に続くと思います。

いずれは艦上機を百発百中で撃ち落とす対空兵器が開発されたり、艦上機から一発で正規空母を轟沈できる誘導爆弾が登場するかもしれません。

それでもなお、空母の存在意義はなくなりません。航空攻撃に代わる長距離破壊手段が登場するまでは、まだまだ空母は現役で戦っていくと思います」

草鹿が遠い未来を予見している時。

通信参謀が電話所から走ってきた。

「山本長官より入電です。よくやった、あとは任せろ……だそうです」

「はっはっは、山本長官らしい電文だな」

思わず南雲が笑いはじめる。

南雲が笑い顔になるのは久しぶりのため、艦橋にいる全員が振りむいていた。

「では、航空隊収容地点に向かいますか？」

そんな南雲には釣られない草鹿が、マジメ一辺倒の顔で聞いてきた。

「ああ、そうしてくれ。任せろと言われたのだから、我々はさっさと退散しよう」

自分の役目は終わった。

南雲の顔は晴れ晴れとしていた。

## 四

**一〇月二〇日午前三時　アラビア半島南部沖**

「長官、カーナン副長官からの緊急伝達です！　南西方向に強い電波源あり！　通信室長の見解ではレーダー波の模様‼　至急、艦橋に戻られたし。以上です‼」

戦艦ハウの長官室で仮眠していたサマヴィルの

もとへ、汗だくになった伝令が走ってきた。

一〇月とはいえ、ここは赤道から少し北に行った地点だ。

そのため夜になっても寝苦しいほど暑い。

サマヴィルも寝付けずにうとうとしていたので、伝令の声で一気に目が醒めてしまった。

「わかった、すぐ行く」

脱いでいたシャツを着込み、ズボンに足を通す。

上着を左手に持つと、そのまま走りだした。

五分後……。

息を切らして艦橋に到着する。

「敵か？」

サマヴィルの声に気付き、カーナンがふりむく。

「わかりません。南西方向から強い電波が届いていることだけは確かなのですが、現状では三角測量ができないため距離は不明です」

「通信室長の意見では、レーダー波だと聞いたが？」

「はい、それは間違いないようです。周波数から日本軍の使用している対水上レーダーだと思われます」

そこまで聞いたサマヴィルの顔が、さっと青くなる。

「もしや……」

「なんでしょうか？」

サマヴィルの脳裏に、セイロン沖海戦の悪夢がよみがえる。

あの時も日本軍は、レーダー波を出しっぱなしで追撃してきた。

かろうじてトリンコマリーから脱出した残存艦隊に対し、日本軍はレーダーによる追尾と夜戦急襲による殲滅を挑んできたのだ。

あの時と状況が恐ろしく似ている……。

そう告げようとした瞬間！

——ドオッ！

ハウの右舷方向三〇〇メートル付近に、うっすらと巨大な水柱が立ちのぼるのが見えた。

雲はあるものの、空には星が溢れている。

その星明かりに照らされた巨柱は、まるで海に生えた大樹のようだ。

「ヤシマだ……ヤシマが来た！」

サマヴィルの声は、長官とは思えないほど震えている。

あまりにも圧倒的な脅威に出会うと、人間は原初の恐怖に教われ、叡智をかなぐり捨てる。そんな感じの態度だった。

「長官、しっかりしてください！　本当にヤシマなのですか？」

「あの水柱を見ろ！　暗くてよく見えないかもしれないが、ゆうに一〇〇メートルを越えている。あれほどの水柱をたてられるのは、ヤシマの主砲弾しかない！」

じつのところ、サマヴィルが八島の主砲射撃を見たのは今回が初めてだ。

しかし事前に、オーストラリアの連合軍南太平洋総司令部から、英米蘭豪艦隊の交戦情報が届けられていた。

その中にあった『高さ一五〇メートル以上の水柱』のことを覚えていたのだ。

「緊急！　全艦、夜戦態勢！」

サマヴィルが惚けているため、仕方なくカーナンが命令を下す。

「こちらもレーダーを使用してよろしいですか？」

ハウの艦長が、夜戦に備えてレーダー使用の許可を願い出る。

「長官！」

返事をしないサマヴィルに、カーナンが強い声をかける。

「あぁ？　あっ！　き、許可する！」

ようやく我に返ったサマヴィル。

あわてて使用許可を下した。

――ズドドドドドッ！

しかし、時すでに遅し。

東洋艦隊の陣形内に、一〇発以上もの着弾が発生した。

かなり遅れて、遠雷のような砲撃音が届く。

「南西方向に射撃炎の照り返しあり！」

艦橋デッキにいる観測兵が報告する。

射撃炎の確認ではなく照り返し……。

すなわち、水平線の向こう側で発射された主砲の炎が、上空の雲に照り返されて視認されたということだ。

「水平線越しの射撃……ヤシマで間違いないようですね。となると、こちらの主砲はまだ届かないはずです。どうしますか？」

戦艦ハウの主砲は、三五・六センチ。

八島の主砲に比べると悲しいくらいに小さい。

たとえ射程内であっても、かすり傷程度しか与えられない。

「雷撃を先行させろ。砲撃担当艦は左舷へ回避。主砲は……どうせ役にたたん」

護衛として随伴している駆逐艦を、雷撃担当として突っこませろと命じる。

他に方法がないと悟ったカーナン、何も言わず復唱する。

復唱を終えた後、カーナンがふと気づいたように聞いた。

「空母部隊はどうしましょう。まだ艦隊内にいますが……」

「………！」

夕刻に受けた航空攻撃のあとも、被害を受けた空母を庇うように陣形を変更し、そのまま逃避行を続けていた。

空母だけ分離すれば、明日の朝の航空攻撃で全滅させられる。

そこで逃げられるだけ逃げようと、随伴させたまま行動していたのである。

絶句していたサマヴィルだったが、ようやく声を絞りだした。

「いまさら手遅れだ。このまま行く。左舷へ回避した砲撃担当艦に空母群を従わせる。遅れた空母を助けようと思うな。巻きこまれるぞ」

なんとも無慈悲な命令。

しかし、適切すぎるほど正しい命令でもあった。

「……了解しました。全艦へ伝えます」

——ズドドドドドドッ！

八島の第二射が届いた。

「巡洋戦艦リナウンに命中弾！」

それは一瞬の出来事だった。

観測員の悲鳴を聞いて、思わずリナウンのいる右舷側に走るサマヴィル。

その目に、舳先と艦尾を持ちあげながらへし折れているリナウンが飛びこんできた。

二つに折れて轟沈！

距離は二〇〇〇メートル。

星明かりの下とはいえ、見間違う距離ではない。

しかもリナウンの分断部分からは、海水にまみれながらも、真っ赤な炎が噴き出ている。

「軽巡サウザンプトンとバンパイア、二個駆逐隊、敵方向へ突入します！」

主力艦群を逃すため、雷撃担当艦が突進しはじめた。

「後方より敵の駆逐隊！」

八島艦隊も負けてはいない。

八島が超遠距離砲撃で翻弄しているあいだに、

こっそりと第一／第三水雷戦隊――合計で六個水雷隊が、北方向へ回りこみつつ突入してきたのだ。

水雷戦隊の目標は、逃げ惑う空母群。

とくに速度が落ちている英空母フューリアスと米軽空母ベローウッドが最初の標的となった。

「くっ……ここまでかっ！　ここまでなのかッ!!」

手も足も出ないまま、なぶり殺しにあっている。

「米第４艦隊戦艦群より発光信号！　我、これより敵艦に突入す!!」

第４艦隊の長官はカーナンだが、いまはハウで副長官を兼任しているため、各群は群司令官に一任している。

その戦艦群司令官が突入命令を出したらしい。

「カーナン……？」

無謀だと言いたげなサマヴィルが、カーナンを見た。

「群司令官の決断です。そのまま行かせましょう」

行ったところで、戦艦コロラドとニューヨークでは勝てる見込みはない。

彼らは旗艦と空母を逃がすため、あえて殿軍になることを決断したのだった。

「回避中の全艦、応戦を中止し全力で南方向へ退避せよ！　機関が焼ききれるまでつっ走れ!!」

サマヴィルは最後の気力をふり絞って叫んだ。

＊

同時刻、日本海軍インド方面艦隊。

二個艦隊で編成されている英米派遣艦隊（敵乙艦隊）は、昨夕に東洋艦隊が航空攻撃を受けたことを、おそらく通信連絡で知ったらしい。

なぜなら日没後――。

突如として、スエズ方面にむけて反転退避しはじめたからだ。

「なんと、逃げ出したぞ⁉」

敵前逃亡に等しい恥知らずな行動に、さしものしかし、驚いてばかりはいられない。

高須四郎も驚きの声を上げる。

しかし、驚いてばかりはいられない。

「全艦、ただちに追撃！　これより紅海に入る。第二空母艦隊は先行し、本日の朝に敵乙艦隊を航空攻撃範囲に捉えよ！」

昨日の日没後、今日の朝の航空攻撃を可能にするため、第二空母艦隊は紅海出口方向へ高速で移動中だ。

すでにインド方面艦隊より一〇〇キロ近く先行し、まもなく紅海入口となるマユン島南海域に到達する予定になっている。

ということは……。

いまの高須の命令は、第二空母艦隊に対し、先に単独で紅海に入れと命じたことになる。


これは危険な賭けだ。

紅海のアフリカ側には、かつてイタリア軍のものだった航空基地がいくつか存在する。

現在は英軍に占領され、下手すると航空隊が配備されている可能性もあるのだ。

そのような場所に単独で飛びこむのは、攻撃してくださいと言っているようなものだった。

ただし敵基地に航空隊が配備されておらず、若干の偵察機しかいない可能性もある。

なにしろこの海域は、つい先日まで連合軍が支配していたのだ。

そこに日本軍が突然現われて、上陸作戦や艦隊戦を繰り広げはじめたとはいえ、すぐにまとまった航空隊を派遣できるはずもない。

北アフリカでまともな陸上爆撃隊がいるのは、エジプト北部のみだ。

その他の地区にいた航空隊は、連合軍によるイタリア侵攻にあわせ、支援のため移動してしまっている。残っているのはエジプト北部を守備するための部隊だけである。

このことを日本側は知らなかったが、戦略戦術の常として、おそらく紅海周辺には英軍の爆撃機はほどんどいないと予想していた。

いても単発の小型爆撃機か雷撃機が数機。

それなら脅威にはならないと判断しての突入命令だった。

＊

二〇日午前五時一二分。

「紅海のダフラク諸島北方海域に二個の敵乙艦隊を発見！　彼我の距離四五〇キロ‼」

夜を徹して艦橋に詰めていた小沢治三郎中将のもとに、待望の報告が舞い込んだ。

「直掩を残し、全機発艦！」

迷いのない全力出撃命令である。

蒼龍を失い、翔鶴／瑞鶴／飛龍の三隻となった第二空母艦隊。

そこから、二〇〇機もの艦上機が飛びたっていく。

上空には四五機の直掩が、彼らを見守っている。

「帽ふれ〜」

艦橋デッキに出た小沢の耳に、甲板長の声が聞こえる。

周囲にいる者たちが、ゆっくり略式帽を外し、左右に振りはじめる。

小沢も左手で敬礼し、出撃していく攻撃隊を見守った。

「距離四五〇キロですので、接敵はおおよそ一時間後となります」

発艦作業を見守っていた航空参謀が、報告のためやってきた。

「このまま進む。攻撃隊を収容後、第二次攻撃が必要であれば、ただちに出撃準備にかかる。必要なしであれば、アフリカ側にある航空基地をしらみ潰しに叩く。そのつもりでいてくれ」

「はっ、承知しております！」

第二空母艦隊はこれから、敵地のド真ん中で航空隊の収容を行なう。

いくら敵の陸上爆撃機による大規模攻撃の可能性が低いとはいえ、ここまで慎重な小沢が賭けに出るのは珍しい。

それだけ、ここが第二空母艦隊の正念場だと、ここにいる全員が確信している。

背後一〇〇キロには、インド方面艦隊が全速で突入しつつある。

彼らは第二空母艦隊が叩いた敵乙艦隊に対し、最後のトドメを指す役目を担っている。


そして……。

敵乙艦隊を屠った後も、彼らの作戦は終わらない。

第二空母艦隊はインド方面艦隊に護衛されつつ、紅海深くまで侵入する。

そしてスエズ運河を航空攻撃圏内におさめたら、全力で運河内にいる艦船を攻撃、かたっぱしから着底させることにより運河の機能を麻痺させる。

これでようやく、彼らは反転することができるのだ。

しかし、それでもセイロン島に戻るのは一部の艦に留まる。

残りは上陸した部隊の支援のため、アラビア半島南岸沿いに北上しなければならない。

彼らの任務が終了するのは、交代できる艦隊がやってきたときだ。

それまでは艦単位でセイロンへ戻り、艦隊内で交代しつつ任務を遂行することになる。

意外なことだが、真っ先にセイロン島へ戻る予定になっているのは、なんと八島艦隊と第一空母艦隊だ。

今回、第二空母艦隊が予想外の痛手を受けたため、全体的な艦隊再編の必要性が出てきた。

それをハワイとセイロン島で同時に行なう。

そのための措置である。

「はやくこの方面での戦闘にケリをつけないと、合衆国が牙を剥く日がやってくる。その前に、なんとしても秘一号作戦を……」

小沢は極秘となっている作戦名を、ついつぶやいてしまった。

それに気付き、慌てて口元を引き締める。

幸いにも、誰も気付かなかった。

## 五

### 二一日午後六時　アラビア半島南部沖

二〇日の午前七時。

第二空母艦隊による全力の航空攻撃を受けた敵乙艦隊——。

ヘンリー・プリダム・ウイッペル少将率いる英地中海艦隊派遣部隊と、ジョナス・H・イングラム少将率いる米地中海艦隊派遣部隊は、一機の直掩もない状態で袋叩きにあった。

米艦隊の重巡ウイチタにはVT信管を使用できる砲もあったが、所詮は焼け石に水だ。

英艦隊の戦艦ヴァリアントは五発もの五〇〇キロ爆弾を受け、ほぼ交戦能力を失った。しかしながら、運良く魚雷の命中はなかったため、いまもスエズ運河めざして遁走を続けている。

悲惨だったのは米艦隊のほうで、重巡ウイチタ、軽巡モントピーリア／デンバーが撃沈された。残された駆逐艦は、英艦隊に随伴するかたちになっている。

せっかくの支援艦隊だったが、まったく役に立たないまま壊滅状態になったわけだ。

とくに問題なのは、命令を無視して敵前逃亡まがいの機動を行なったことだが、これは東洋艦隊が航空攻撃を受けて反転、退避行動に出たことが原因とも言えるため、今のところ問題視されていない。

肝心の敵甲艦隊――英東洋艦隊と米第4艦隊のほうだが、夜明け直前、ついに八島艦隊に捕まった。

味方を次々に殿軍としてくり出し、なりふり構わぬ逃走を計った米英の主力艦群だったが、日本の雷撃戦隊による突入雷撃を受け大幅な速力低下を来してしまい、逃げるに逃げられない窮地に陥った。

山本五十六は、もはや勝敗は決したとして、サマヴィルに対し降伏勧告を行なったが、二〇日夕刻の時点まではかたくなに拒否された。

サマヴィルの思惑では、夜になりさえすれば、いくらでも行方をくらます方法があると考えていたようだ。

しかし、バラバラになって個別離脱を試みた英米艦は、水雷戦隊による包囲網と八島のレーダーにより完全捕捉され、そのつど行く手をさえぎられて追い返された。

そして、二一日朝。

英米艦隊は、モンバサからじつに一九〇〇キロも離れたインド洋において、八島艦隊に完全包囲された形で動きを止めた。

山本は二度めの降伏勧告を行なったさい、もし今回も拒否するなら全面攻撃に出ると宣告した。

もっとも近いアフリカ沿岸でも六〇〇キロ。

そんなところで艦を沈められたら、たとえ救命ボートに乗れたとしても生き長らえる可能性はほとんどない。

それでもサマヴィルは主力艦の自沈と乗員の救助を願いでたが、山本は無慈悲にも却下した。

そして二一日夕刻……。

ついに万策尽きたサマヴィルは、副長官のカーナンの同意のもと、無条件降伏を受諾したのである。

八島艦隊が拿捕した敵艦は、戦艦ハウ／コロラド、正規空母フューリアス、軽空母ベローウッド、護衛空母サンティー、重巡ロンドン、軽巡マーブルヘッド、駆逐艦八隻となっている。

いずれも、駆逐艦を除くと中破以上の大被害艦ばかりで、とくに被害の酷かった重巡ロンドンと護衛空母サンティーは、セイロンまで曳航できないと判断され、水雷戦隊によって撃沈処理された。

＊

二三日、午後四時……。

八島艦隊のほうは決着がついたが、インド方面艦隊と第二空母部隊のほうは、まだ戦いが続いていた。

とはいっても、魚雷を受け亀の歩みとなった敵乙艦隊を弄ぶかのように、日本側はゆっくりと北上を続け、もっぱら途中にある連合軍の航空基地をしらみ潰しにしていった。

その間、連合軍もなけなしの陸上爆撃機を飛ばしてきたが、いずれも型落ちの単発機だったため、第二航空艦隊がくり出した直掩隊に阻まれ、軽微な被害しか与えられなかった。

具体的には、インド方面艦隊に随伴している直掩空母の千代田に二五〇キロ爆弾が命中し、離艦不能になった。

千代田は従来型の設計艦であり、なおかつ改装を受けていない。

そのため格納庫内で爆弾が炸裂したものの、中甲板までは破られなかった。

搭載していた零戦四三型は、すべて直掩に出ていたため無事で、戦闘後に僚艦の千歳と、第二航空艦隊に全機収容されている。

そして二三日の午後二時。

戦艦金剛が放った水偵が、パナマ運河に逃げ込もうとしている戦艦ヴァリアントを発見。

ただちに第二航空艦隊から航空隊が半数出撃し、見事ヴァリアントを水路内で着底させることに成功した。

その後も、翌二四日の朝、さらにスエズ運河へ接近した第二空母艦隊は、運河の北出口に近いポートサイド南方三〇キロ地点で停止していた大型輸送船一隻と中型タンカー二隻を発見、これらを雷爆撃して撃沈着底させた。

これによりスエズ運河は、南北二ヵ所の地点で完全遮断された。

日本側の見積もりでは、短くとも半年は再開できないと判断されたのである。

＊

そして、月が変わった一一月五日。

八島艦隊と第一航空艦隊がセイロンのコロンボ港に戻り、そこで艦隊再編を待ちながら補修作業に入った頃……。

遥か地球を半周した北米西海岸のサンフランシ

スコ。

そこで久しぶりに、ハルゼーが歓喜の声を上げていた。

「待っていたぞ！　良くやった！　本当に……良くやってくれた‼」

今にも泣き出さんばかり……。

いや、良く見るとハルゼーの目に、うっすらと涙が浮かんでいる。

「本来ならパナマを通って海路で運んでくる予定だったが、中東方面でヤシマが暴れてくれたせいで、上層部から急がされてな。そこで無理を承知で、大型トレーラーを連ねて大陸横断してきたのだ」

大役をこなしたとでも言いたげに、キング本部長が返事をした。

ハルゼーの様子を見て、まんざらでもない様子を見せている。

二人がいるのは、サンフランシスコ湾にあるトレジャーアイランドの一画。

主に小艦艇が係留されている埠頭のひとつだ。

「これで……これで、あのヤシマの糞野郎に一泡……いや、奴をぶち殺してやれる！」

ハルゼーの目の前にあるのは、打倒八島を目標に突貫で開発された新兵器だ。

それをキングが先導して、東海岸にあるノーフォークから運んできたのである。

「ああ、こいつと陸軍航空隊のヤツがあれば、たとえヤシマでも無事には済まない。突貫で仕上げたから見た目は悪いが、すでに性能試験も終了している。技術研究所は太鼓判を押しているぞ」

「これでハワイを攻められる。ヤシマが来ても怖くない。そうと決まれば、善は急げだ。ニミッツ長官を急っついてハワイ奪還作戦の準備をさせよう」

いまにもハルゼーは、太平洋艦隊司令部が借り住まいにしているアラメダ海軍基地へ飛んで帰りそうだ。

「ああ、そうしてくれ。私はトンボ帰りで、ワシントンへ戻らねばならない。日本が引っ掻きまわしてくれるせいで、世界中が大騒ぎになりそうなのだ」

「政治は任せた！　俺は戦争をする‼」

まるでオモチャを与えられた子供だ……。

ハルゼーを見守るキングは、どことなく母親の目をしていた。

かくして……。

合衆国軍が起死回生を賭けて開発した、『対ヤシマ決戦兵器』がついに完成した。

果たしてそれがいかなるモノであり、どれくらいの威力を持ったモノなのか……。

それが判明するとき、八島の運命が決まる。

そしてそれは、そう遠くない未来に迫っていた。

第三巻に続く

## 艦隊編成（一九四三年九月現在）

### 1、八島艦隊

**1、主隊（山本五十六大将）**

　　戦艦　八島
　直掩空母　鳳翔／龍驤
特殊工作輸送艦　伊豆／房総
　第一水雷戦隊　軽巡　高津　駆逐艦一〇隻
　第三水雷戦隊　軽巡　太田　駆逐艦一〇隻

**2、空母機動部隊（南雲忠一中将）**

第一空母艦隊（南雲忠一中将）
正規空母　白鳳／紅鳳／飛鶴／紅鶴
★赤城／加賀は途中で交代
重巡　高雄／愛宕
軽巡　富田／円山
駆逐艦　一〇隻

**3、支援隊（後藤存知（ありとも）少将）**

重巡　足柄／妙高／鈴谷
軽巡　円山
汎用軽巡　基隆／淡水
駆逐艦　一〇隻
第一駆逐戦隊　軽巡大井　駆逐艦九隻
第三駆逐戦隊　駆逐艦九隻

**4、輸送隊（木村昌福（まさとみ）少将）**

護衛駆逐艦　一〇隻
海防艦　一〇隻
兵員輸送艦　四隻
揚陸艦　二隻
車輌輸送艦　六隻
汎用輸送艦　四隻

補給船　六隻

物資輸送船　六隻

大型タンカー　二隻

中型タンカー　四隻

海軍陸戦隊　一個旅団（呉陸戦隊）

陸軍部隊　一個師団／一個戦車連隊／一個砲兵連隊

### 5、後続部隊

南太平洋艦隊

戦艦　伊勢／日向

重巡　古鷹／加古（大規模改装）

軽巡　由良／鬼怒（大規模改装）

駆逐艦　八隻

第三空母艦隊（角田覚治少将）

正規空母　隼鷹／飛鷹

軽空母　祥鳳／瑞鳳／龍鳳

軽巡　天龍／龍田（大規模改装）

駆逐艦　八隻

陸軍部隊

ラエ方面隊　一個連隊

ラバウル方面隊　一個連隊

ソロン方面隊　二個連隊

インド方面艦隊

### 1、主隊（高須四郎中将）

戦艦　金剛／榛名

直掩空母　千代田／千歳
　重巡　最上／三隈／熊野
　軽巡　五十鈴／夕張
　駆逐艦　八隻

第二水雷戦隊　軽巡　能代　駆逐艦一〇隻
第四水雷戦隊　駆逐艦一〇隻
第二駆逐戦隊　軽巡北上　駆逐艦九隻
第四駆逐戦隊　駆逐艦九隻

## 2、第二空母艦隊（小沢治三郎中将）

正規空母　翔鶴／瑞鶴／蒼龍／飛龍
　重巡　摩耶／鳥海
　軽巡　那珂／球磨
駆逐艦　一〇隻

第二次改装中の艦
　戦艦　比叡／霧島
　重巡　青葉／衣笠
　重巡　高雄／愛宕
　軽巡　神通／多摩／木曽
　軽巡　矢矧／酒匂／大淀（設計変更により最初から八島型改装艦として竣工）
　軽巡　香取／鹿島／香椎（ダクトスクリュー追加による速度向上型）

第三潜水戦隊（石崎昇少将）
　第三航空潜水隊　伊一九／伊二一
　　第五潜水隊　伊一六／一八／二三／二四
　第一九潜水隊　伊一五六／一五七／一五八／一五九
第二〇潜水隊　伊一七六／一七七／一七八／一七九

第五駆逐戦隊　駆逐艦八隻

## 連合軍の艦隊

**1、米英蘭豪合同艦隊（カレル・W・F・M・ドールマン少将）**

米海軍　重巡ヒューストン
　　　　駆逐艦四隻
英海軍　重巡エクセター
　　　　駆逐艦三隻
オランダ海軍　軽巡デ・ロイテル／ジャワ
　　　　駆逐艦二隻
豪海軍　軽巡バース

**2、英米合同艦隊（サー・ジェームス・サマヴィル大将）**

A、英東洋艦隊（サー・ジェームス・サマヴィル大将）
　戦艦　ハウ
　空母　フューリアス／イラストリアス（搭載六六機）
巡洋戦艦　リナウン
　重巡　ロンドン
　軽巡　サウザンプトン
巡洋艦　HMSドラゴン／バンパイア
駆逐艦　七隻
英地中海艦隊派遣部隊（ヘンリー・プリダム・ウイッペル少将）
　戦艦　ヴァリアント
　軽巡　シリアス

駆逐艦　四隻

B、米第4艦隊（ジョセフ・カーナン少将）

戦艦　コロラド／ニューヨーク

軽空母　ベローウッド

護衛空母　シェナンゴ／サンティー（搭載六四機）

軽巡　マーブルヘッド／デトロイト

駆逐艦　八隻

米地中海艦隊派遣部隊（ジョナス・H・イングラム少将）

重巡　ウイチタ

軽巡　モントピーリア／デンバー

駆逐艦　六隻

## 艦船諸元（一九四三年八月時点）

### 改翔鶴型正規空母

※八島型設計を取り入れた初の正規空母。

※飛行甲板に重層コンクリ板を使用、簡易型ながら装甲空母となった。

※格納庫と飛行甲板は、骨組みだけRC構造の鉄筋コンクリートで造られている。

※初めて舷側エレベーターが採用された。

※飛行甲板の簡易装甲化により二五〇キロ爆弾まで耐えられる。

同型艦　飛鶴／紅鶴（就役）

蒼鶴／白鶴（建艦中）

全長　二六〇メートル

全幅　　三〇メートル

排水量　三二二〇〇トン

機関　艦本式ギヤードタービン　一四万五〇〇〇馬力
速度　三〇ノット
昇降機　甲板二基／舷側二基
装備　一〇センチ五五口径連装高角砲　六基
　三〇ミリ連装機関砲　六基
　二〇ミリ連装機関砲　六基
機銃　一三・二ミリ単装　一二四挺
搭載　七五機
装甲　舷側　雷撃水圧吸収ブロック　一層
　飛行甲板　甲種防護板　一枚
　中甲板　一二センチ装甲＋一メートルコンクリ壁＋甲種防護板二枚
　絶対防護区画　一メートルコンクリ壁＋甲種防護板二枚
電探　二式三号一型対空電探
　二式二号一型水上電探

**白鳳型正規空母**

※当初から完全な装甲空母として設計され、さらに八島型設計を取り入れた。
※飛行甲板に重層コンクリ板を使用。
※格納庫と飛行甲板は、骨組みだけRC構造の鉄筋コンクリートで造られている。
※絶対防御区画はバスタブ構造＋装甲＋重層コンクリ板。

同型艦　白鳳／紅鳳（完成）
　蒼鳳／紫鳳（建艦中）
全長　二七五メートル
全幅　三四メートル

排水量　三八八〇〇トン
機関　艦本式ギヤードタービン　一六万二〇〇〇馬力
速度　三〇ノット
昇降機　甲板二基／舷側二基
装備　一〇センチ五五口径連装高角砲　八基
三〇ミリ連装機関砲　八基
二〇ミリ連装機関砲　六基
機銃　一三・二ミリ単装　三二挺
搭載　一〇〇機
装甲　舷側　二〇センチ装甲＋雷撃水圧吸収ブロック　二層
飛行甲板　甲種二型防護板　一枚
中甲板　二〇センチ装甲＋一・五メートルコンクリ壁＋甲種防護板三枚
絶対防護区画　一・五メートルコンクリ壁＋甲種防護板三枚
電探　二式三号一型対空電探
二式二号一型水上電探

※甲種二型防護板
装甲空母専用の重層防護板。

三センチ鋼板と一〇センチ鋼筋コンクリート板、二センチ鋼板と一〇センチコンクリート板、合計二枚の鋼板と二枚のコンクリ板を圧着重層したもの。

破壊防御に加えて弾性防御も加わり、五〇〇キロ徹甲爆弾の四〇〇〇メートル急降下爆撃に耐える。

**高津型軽巡**
※八島型設計を取り入れた戦時急造軽巡
※艦隊随伴艦として対艦／対空能力に特化された。

※バスタブ構造＋ブロック工法＋分割装備により三ヵ月で艤装を含めて完成する。
※鋼材使用率は既存艦の三五パーセントに抑えられている。
※民間造船所でも建艦可能な設計。

同型艦　高津／太田／富田／円山（就役）
　竹野／日置（完成）
　櫛田／狩野／花水／鶴見（建艦中）
　加茂／笛吹（計画）

全長　一四八メートル
全幅　一六メートル
排水量　七八六〇トン
主機　艦本式水管缶／ギヤード・タービン／四軸三基
（機関改良型）
　通常スクリュー二基／ダクトスクリュー二基。
出力　主機　七二〇〇〇馬力
速力　三〇ノット
兵装　主砲　一五センチ五〇口径連装砲
　二基四門
　一〇センチ五〇口径連装高角砲
　二基四門
　三〇ミリ連装機関砲　六基一二門
機銃　一三・二ミリ単装　一六挺
雷装　六一センチ魚雷発射管　四連装
爆雷　ドラム型爆雷投射機　一基
　迫撃爆雷発射機　六基
装甲　舷側バルジ追加型雷撃水圧吸収ブロック　一層

舷側装甲　甲種防護板二枚＋
　一五センチ装甲
甲板　甲種防護板一枚＋乙
　種防護板二枚
防御区画　一メートル厚コンク
　リート壁＋甲種防護板二枚
乗員　七六五名

**楡型駆逐艦**

※八島型設計を取り入れた戦時急造艦
※バスタブ構造＋ブロック工法＋分割装備により二ヵ月で艤装を含めて完成する。
※鋼材使用率は既存艦の三〇パーセントに抑えられている。
※民間造船所でも建艦可能な設計。

同型艦　楡(にれ)／欅(けやき)／椎(しい)／樫(かし)（就役）
楠(くす)／楢(なら)／椽(くぬぎ)／樺(かば)（就役）
楓(かえで)／栗／梨／柏(かしわ)（就役）
南天／槙(まき)／柘植(つげ)／楓(かえで)（建艦中）
梅／辛夷(こぶし)／榊(さかき)／千両／桧(ひのき)（建艦中）
八手／椿／銀杏(いちょう)／柳（建艦中）

全長　一二四メートル
全幅　一二メートル
排水量　二七五〇トン
主機　艦本式水管缶／ギヤード・タービン／二軸
（機関改良型）
　通常スクリュー二基
出力　主機　四八〇〇〇馬力
速力　三〇ノット
兵装　主砲　一〇センチ六五口径連装高角

砲　二基四門
一〇センチ五〇口径高角砲　二
基二門
三〇ミリ連装機関砲　四基八門
機銃　一三・三ミリ単装　一〇挺
雷装　六一センチ魚雷発射管　四連装
二基
爆雷　ドラム型爆雷投射機　一基
迫撃爆雷発射機　四基
装甲　舷側雷撃水圧吸収ブロック　一
層
舷側装甲　なし
甲板　乙種防護板三枚
防御区画　六〇センチ厚コンク
リート壁＋甲種防護板一枚
乗員　二六〇名

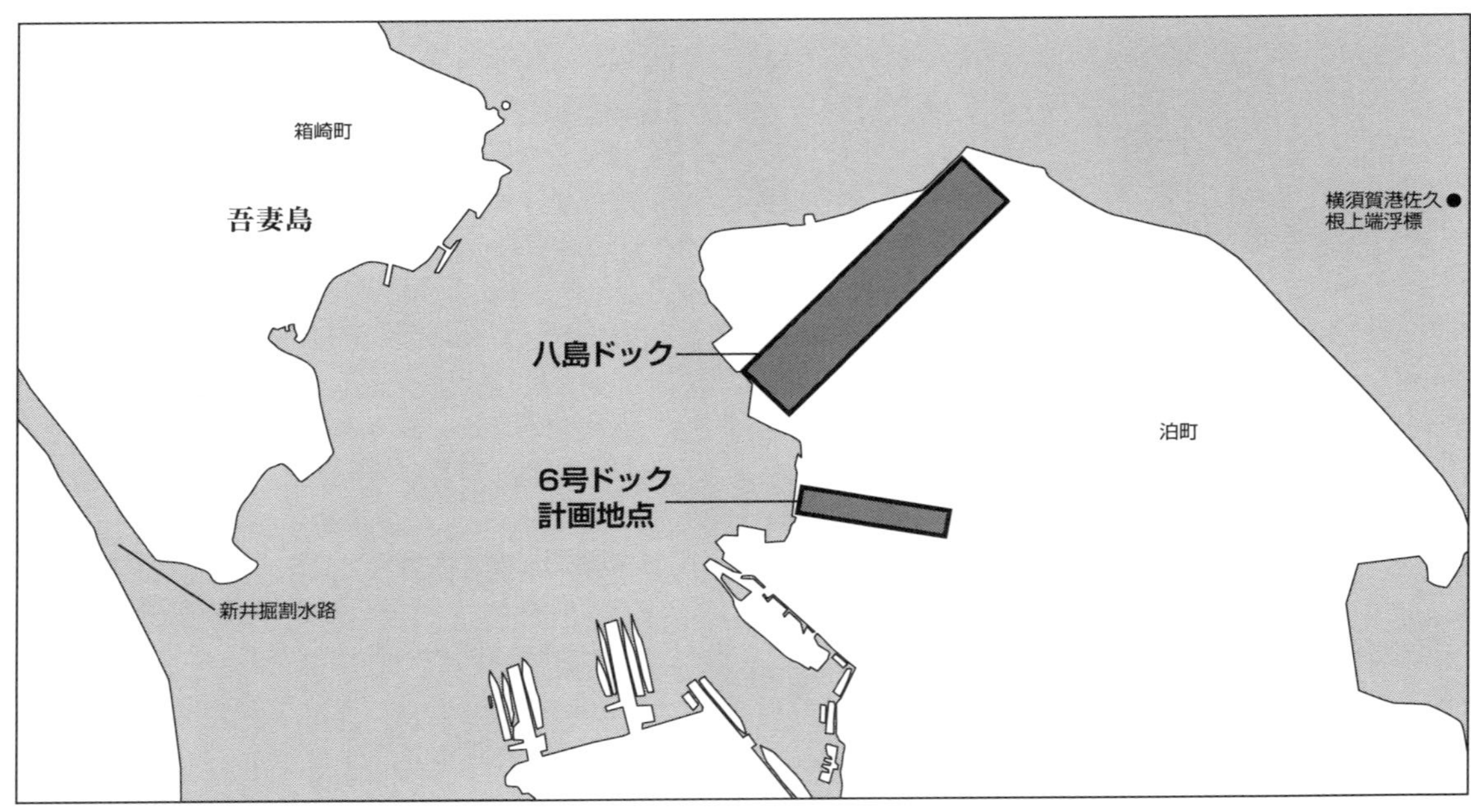
箱崎町
吾妻島
八島ドック
6号ドック
計画地点
新井掘割水路
泊町
横須賀港佐久
根上端浮標

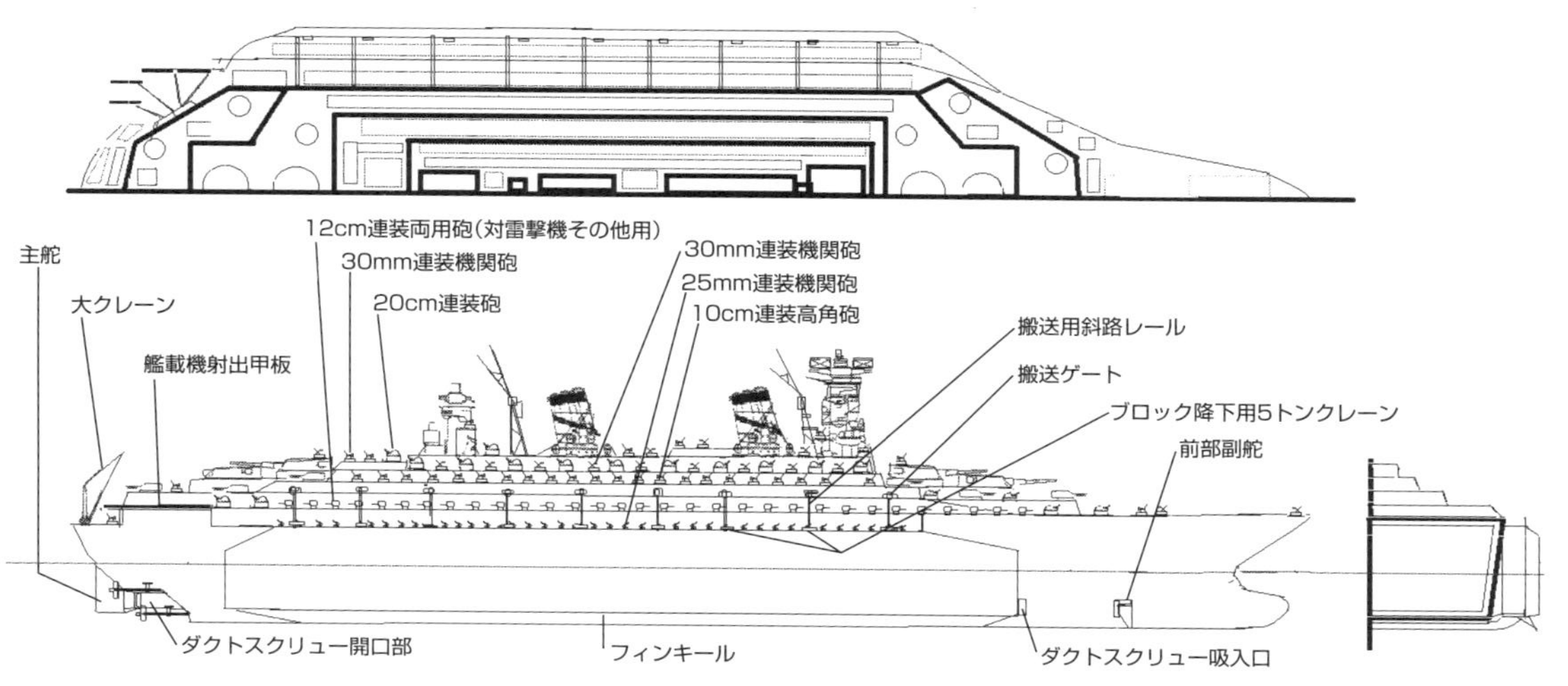
12cm連装両用砲(対雷撃機その他用)
30mm連装機関砲
20cm連装砲
主舵
大クレーン
艦載機射出甲板
30mm連装機関砲
25mm連装機関砲
10cm連装高角砲
搬送用斜路レール
搬送ゲート
ブロック降下用5トンクレーン
前部副舵
ダクトスクリュー開口部
フィンキール
ダクトスクリュー吸入口

## 超極級戦艦　八島

第二集合煙突
第一集合煙突
40m測距儀
鐘楼エリア
錨鎖エリア
連絡艇格納庫
射出カタパルトエリア
航空機クレーン
搬送路レール
舷側5トンクレーン
後部マスト
前部マスト

| 副鐘楼 |
| --- |
| 後部30m測距儀 |
| 第二主砲射撃所 |
| 後部集中機銃座 |

①62cm45口径主砲
②46cm50口径主砲
③30mm連装機関砲
④10cm65口径連装高角砲
⑤12cm50口径連装両用砲
⑥25mm連装機関砲
⑦20cm50口径連装砲

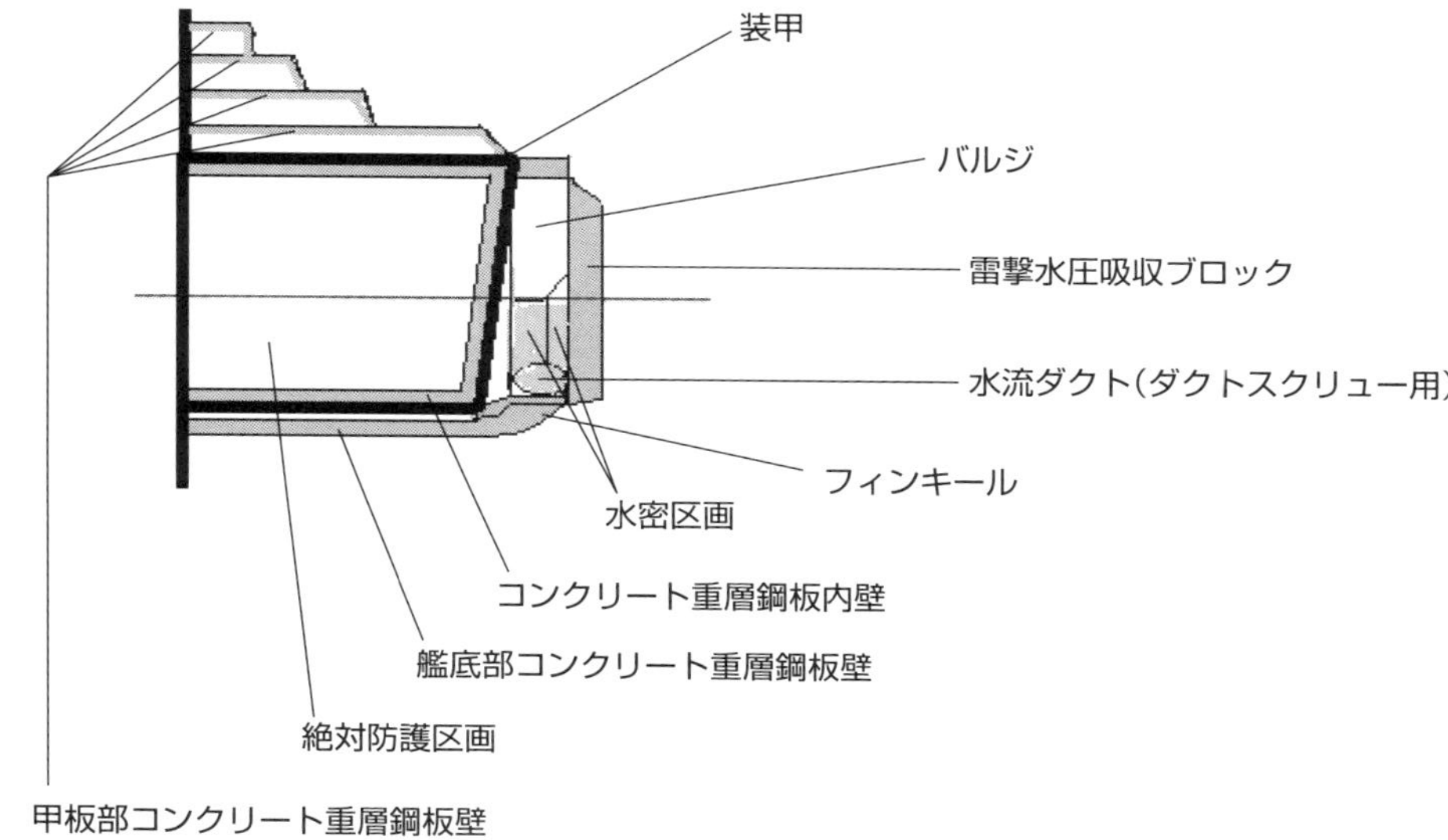
装甲
バルジ
雷撃水圧吸収ブロック
水流ダクト(ダクトスクリュー用)
フィンキール
水密区画
コンクリート重層鋼板内壁
艦底部コンクリート重層鋼板壁
絶対防護区画
甲板部コンクリート重層鋼板壁

VICTORY NOVELS ヴィクトリー ノベルス

# 超極級戦艦「八島（やしま）」(2)

## 大進撃！ アラビア沖海戦

2023年5月25日　初版発行

著　者　　羅門祐人
発行人　　杉原葉子
発行所　　株式会社 電波社
〒154-0002　東京都世田谷区下馬6-15-4
TEL. 03-3418-4620
FAX. 03-3421-7170
http://www.rc-tech.co.jp/
振替　00130-8-76758

印刷・製本　中央精版印刷株式会社



ISBN978-4-86490-231-1 C0293

戦記シミュレーション・シリーズ

# ヴィクトリーノベルス 絶賛発売中!!

## 新連合艦隊

1 起死回生の再結成！
2 オアフ島への大進軍！

連合艦隊を解散、再編せよ！ 新鋭空母「魁鷹」、艦載機528!! ハワイ奇襲の新境地！

原 俊雄

定価：各本体950円＋税

新連合艦隊
1 起死回生の再結成！
原 俊雄
ヴィクトリーノベルス戦記シミュレーション・シリーズ
連合艦隊を解散、再編せよ！
新鋭空母「魁鷹」、艦載機528!!
ハワイ奇襲の新境地！